Kajsa Arnold
Jaden
Kissing the real love

Geboren wurde Kajsa Arnold in Essen. Die passionierte Autorin lebt nach mehr als 11 beruflich bedingten Umzügen mit ihrer Familie wieder in Nordrhein-Westfalen. Sie ging mehr als 25 Jahre einer kaufmännischen Tätigkeit nach, bevor sie sich nun nur noch dem Schreiben widmet. Ihr großes Hobby ist die Fotografie. Mehr zu ihren Büchern erfahren Sie auf ihrer Homepage: kajsaarnold.com

Kajsa Arnold

Jaden

Kissing the real love

Oldigor Verlag

Deutsche Erstveröffentlichung
Ausgabe September 2014
verlegt durch Oldigor Verlag, Rhede

1. Auflage
Covergestaltung: Klaud Design
Foto: © Coka - Fotolia.com
© mashakotcur - Fotolia.com
ISBN 978-3-945016-67-1
www.oldigor.com

Für Dich,
die ruhige Seele in mir.

Dein Vertrauen ist Dein Panzer,
jede Mauer reißt es ein.
Deine Waffe ist die Liebe,
bitte lass' mich bei Dir sein.

Michael Klimes und Marlon B.
Aus: Deine Waffe ist die Liebe
(Söhne Mannheims)

1. Kapitel

Eine Hand, die meine Schulter berührt, reißt mich aus meinem leichten Schlaf. Ich bin kurz eingenickt und blinzle gegen die Deckenbeleuchtung an.

»Sie sollten nach Hause gehen, Miss Roach. Schlafen Sie sich richtig aus. Sonst brechen Sie uns noch zusammen, Sie brauchen doch Ihre Kräfte. Wir kümmern uns gut um Ihren Sohn.«

Es ist Schwester Julie, eine Krankenschwester mittleren Alters und mit gütigen Augen, die den Nachtdienst gerade antritt und mir mal wieder eine ihrer gut gemeinten Standpauken hält.

»Ja, Sie haben recht, Schwester Julie, ich gehe sofort, Sie haben ja meine Nummer, wenn sich etwas ändert«, nicke ich ihr zu.

Sie streichelt sachte meine Hand und lächelt. »Natürlich.«

Das Krankenhaus zu verlassen, in das mein Sohn verlegt wurde, seit er ins Koma gefallen ist, bereitet mir physische Schmerzen. Ich will Jace nicht allein lassen. Dabei sah nach dem Unfall mit dem Bus, der ihn zu einem Tennisturnier bringen sollte, alles vergleichsweise harmlos aus. Der linke Arm war gebrochen und er wachte nach der OP schnell wieder auf. Doch dann bekam er aus bisher ungeklärten Gründen eine Gehirnblutung und fiel ins Koma. Das ist nun schon zwei Monate her und seitdem läuft mein Leben total aus dem Ruder. Denn Jaden hat dadurch erfahren, dass er Vater ist, und meine Mutter und Harry, dass sie Großeltern sind.

Alles in allem kein leichtes Unterfangen, zu erklären, warum sie nichts davon wussten. Warum ich ihnen nicht vor zwölf Jahren erzählt habe, dass ich schwanger war. Mittlerweile kommt selbst mir meine Vorgehensweise kindisch und verrückt vor. Ich habe einfach keine Erklärung, keine Antwort auf ihr fassungsloses Warum? und Wieso? Zu allem Überfluss musste ich auch noch Florida verlassen, denn Jaden hat darauf bestanden, dass wir Jace in eine Spezialklinik nach New York verlegen. Jace bekommt jetzt seit über zwei Monaten die beste medizinische Versorgung, die ich mir vorstellen kann, jedoch muss ich in Jadens Appartement wohnen. Es liegt nur wenige Gehminuten von der Klinik entfernt – und das ist der einzige Vorteil.

Jaden spricht nicht darüber, doch ich sehe es ihm an, was er denkt. Ich hätte bei meinem Sohn sein sollen. Aus seinem Blick spricht auch der Vorwurf, dass er seinen Sohn niemals kennenlernen wird, wenn alles schiefgeht.

O Gott, möge dies nie geschehen! Ich bete jeden Abend, dass Jace aufwacht. Irgendjemand muss mich doch erhören.

Ich habe alle meine Termine auf Eis gelegt. Daran, auch nur eine Zeile zu schreiben, ist gar nicht zu denken. Der Erscheinungstermin meines neuen Buches wurde verschoben, ich habe keine Ahnung, ob es je fertig wird.

Über dieses Thema kann ich inzwischen kaum noch nachdenken, ohne dass mir der kalte Schweiß ausbricht. Seit Monaten habe ich kein einziges Wort mehr zustandegebracht, es ist, als wäre ich innerlich verstummt. Mein Erstling, in dem ich meine und Jadens Geschichte verarbeitete, machte mich als Rose Garden berühmt, und die nachfolgenden Romane, in denen es immer um eine Frau ging, die ihren Mann stehen konnte, mit Witz und Schlagfertigkeit, bescherten mir nicht nur wunderbare Auflagen, sondern auch eine große und treue Leserschaft. Nun aber, da es mit dem neuen Buch nicht so schnell klappt, wie meine Fans es erwarten, lerne ich einige von ihnen von einer nicht so schönen Seite kennen. Der Ton in der Fanpost hat sich verändert, so heftig, dass man sie mir vom Verlag aus nicht einmal mehr weiterleitet. Dort wissen sie von der Tragödie, die meine Familie belastet, und man versucht mir zu helfen, wo nur möglich.

»Nehmen Sie sich alle Zeit der Welt, Ava«, beruhigte mich meine Lektorin noch vor wenigen Tagen, und ich weiß, dass sie es wirklich so meint. »Wir lassen uns nicht unter Druck setzen. Und Sie sollten es auch nicht.«

Ich schlendere langsam die Avenue entlang, wir haben Ende Oktober. Das Wetter ist regnerisch, die Temperaturen sind kühl. Nur mühsam bewege ich mich vorwärts, so, als wolle ich gar nicht in Jadens Wohnung ankommen. Seit diesem Unfall sprechen er und ich kaum noch. Zuviel Unausgesprochenes steht zwischen uns, ich blocke alle Gespräche ab. Ich will mich nicht mit den Gründen für meine Entscheidung, ihm nichts von Jace zu sagen, auseinandersetzen, wenn ich das Wichtigste in meinem Leben jeden Augenblick verlieren könnte.

Eigentlich wollten wir heiraten, doch das zarte Pflänzchen unserer neuen Liebe wurde durch die tragischen Ereignisse mit der Wurzel herausgerissen.

Ich durchlaufe die Sicherheitsschleuse des Time Warner Buildings, um zu den Aufzügen der Wohnungen zu gelangen.

»Guten Abend, Miss Roach. Gibt es Neuigkeiten?«, fragt George von der Security, der diesen Abend Dienst hat. Er ist ein lieber Kerl und informiert sich immer, wie es Jace geht, obwohl er ihn gar nicht persönlich kennt. Nur ein Foto habe ich ihm mal gezeigt, eines, das Jace mit einem gewonnenen Tennispokal zeigt.

»Nein, George, alles wie bisher. Aber danke, dass Sie nachfragen.«

Mit gebeugtem Kopf schleiche ich weiter zu den Fahrstühlen, die mich nach oben bringen.

In der Wohnung angekommen, finde ich diese verlassen vor. Jaden ist noch nicht zu Hause. Ich bin froh darüber, ihm nicht begegnen zu müssen. Seinen Blick kann ich heute Abend nicht ertragen. Ohne etwas zu essen, gehe ich schlafen.

* * *

Das Licht brennt tierisch in meinen Augen, als ich sie aufschlage, weil mich ein Geräusch geweckt hat. Jaden steht im Türrahmen und ... schwankt. Müde reibe ich meine Augen, ob ich auch wirklich richtig sehe.

»Hi, Butterfly!« Seine Stimme ist zu laut und er lallt leicht.

»Du bist betrunken!«, klage ich ihn an und er macht eine Handbewegung, die alles bedeuten kann.

»Was ist los?«, frage ich müde und setze mich im Bett auf.

Mit unsicheren Schritten kommt er auf mich zu, setzt sich umständlich auf die Bettkante.

»Mir war da... nach.«

»Wonach?«

»Mich zu betrinken. Ich will mit dir reden.«

»Jetzt?« Ich schaue auf die Uhr, es ist halb zwölf. Verdammt, ich bin müde, er soll mich schlafen lassen! Ich habe keine Lust, mit ihm zu reden. »Du musst dich betrinken, damit du mit mir reden kannst?«, frage ich zweifelnd.

»So is es.«

»Oh Mann, Jaden. Was ist los, was willst du wirklich von mir? Ich bin müde und will schlafen.« Ich wedele mit einer Hand, als wollte ich ihn aus meinem Zimmer verscheuchen.

»Warum hast du es mir nicht gesagt?«

»Was habe ich dir nicht gesagt?«

»Dass ich ein Vater bin. Dass ich einen Sohn habe!«

Aha, nun kommen wir also zum Punkt! Der Grund, warum er mich seit Wochen mit diesem besonderen Blick bedenkt.

»Ach, Jaden«, seufze ich. »Wie oft wirst du mich das noch fragen? Ich kann es dir nicht erklären. Jetzt weiß ich natürlich, dass es falsch war, aber damals konnte ich nicht anders. Was willst du noch von mir hören?«

Er schüttelt die ganze Zeit den Kopf. »Nein, das ist nicht der wahre Grund. Ich will die Wahrheit hören!«

»Jaden, das ist die Wahrheit. Mehr kann ich dir nicht dazu sagen. Irgendwann war es zu spät, darüber zu reden.«

»Jace hat ein Recht darauf, zu erfahren, wer sein Vater ist. Und jetzt wird er vielleicht nie ...«, er bricht ab und schweigt.

Sehe ich da Tränen in seinen Augen? Da ist er wieder, dieser Ton, der mir sagt, dass ich die Schuld an dem trage, was Jace passiert ist.

»Warum sprichst du es nicht einmal laut aus? Sag doch, dass ich als Mutter versagt habe! Ja, ich bin eine schlechte Mutter. Aber weißt du was? Du musst es gar nicht laut aussprechen, ich weiß es nämlich selbst. Das ist etwas, was ich mir jeden Morgen und jeden Abend sage, wenn ich in den Spiegel schaue. Und ich bin bereit, die Konsequenzen dafür zu tragen. Sollte Jace nie wieder aufwachen, wird mich die Schuld ein Leben lang begleiten, doch bis es so weit ist, werde ich jeden Tag darauf hoffen, dass er wieder aufwacht!« Den letzten Satz schreie ich so laut heraus, dass Jaden aufspringt und wütend auf mich hinunterstarrt.

»Ich gebe dir gar nicht die Schuld daran«, sagt Jaden laut und plötzlich erstaunlich nüchtern. »Du bist hier die Einzige, die sich das einredet, weil du es nicht erträgst! Dir ist offenbar nicht klar, dass das Leben nicht immer fair spielt. Für dich muss alles einen Grund haben. Aber ich sage dir was, Ava – manchmal passieren Dinge, die man einfach nicht verhindern kann, weil man keinen Einfluss darauf hat. Selbst eine Ava Roach nicht.«

Ich bin ebenfalls wütend aufgesprungen und wir schreien uns wie ein altes Ehepaar an. Vielleicht hätte ich mir gewünscht, dass er mich in seine Arme nimmt, mich tröstet, doch diese distanzierte Art bringt mich total auf die Palme. Wer ist er, dass er mir solche Dinge sagt? Wo war er, als ich schwanger war und dringend seine Hilfe gebraucht hätte? Oder hat er mich je gefragt, wie ich mit dem Druck meiner Karriere zurechtkomme? Nicht ein einziges Mal!

Das würde ich ihm gerne an den Kopf schleudern, doch ich bleibe stumm. Die Wut in mir macht mich sprachlos. Stattdessen ziehe ich eine Jeans an, werfe meine Bluse über, schlüpfe in meine Sneakers. Kopflos laufe ich im Zimmer umher, hole plötzlich meinen kleinen Koffer hervor und stopfe meine Kleidung hinein, ohne sie zusammenzulegen. Dann schnappe ich mir meine Tasche samt Autoschlüssel.

»Weißt du was? Ich will einfach nur hier weg, weg von dir, deinen Vorwürfen, deinen anklagenden Blicken. Vielleicht kann ich dann endlich wieder atmen, vielleicht kann ich dann endlich wieder leben!«, schleudere ich ihm entgegen und will eilig die Wohnung verlassen.

Mit einem festen Griff am Oberarm hält Jaden mich auf.

»Ich kann aber nicht ohne dich leben, das muss dir doch mittlerweile klar sein. Du kannst gehen, aber du kannst nicht vor mir weglaufen. Denn ich werde dir immer hinterherlaufen, Sugar Baby!«

2. Kapitel

Ich lege einen Zwischenstopp am Krankenhaus ein und sage Schwester Julie Bescheid, dass ich für ein paar Tage die Stadt verlasse und nicht nach Jace sehen kann. Sie verspricht mir, sich sofort zu melden, sollte sich auch nur die geringste Änderung ergeben. Ich schaue noch bei Jace vorbei, spreche kurz mit ihm, auch wenn er mich nicht hören kann. Streichele zärtlich sein Gesicht und dann verlasse ich New York auf dem schnellsten Weg.

Erst als ich auf die Interstate fahre, bekomme ich langsam wieder besser Luft. Ich hatte das Gefühl, als würde ich in New York ersticken. Als würde Jadens Nähe mir langsam den Verstand rauben.

Bei jeder Meile, die mich meinem Ziel näherbringt, spüre ich, wie es mir besser geht. Meine Gedanken werden klarer, meine Sichtweise auf einige Dinge ändert sich. Mit der Stadt lasse ich zwar auch mein Kind für ein paar Tage allein, aber er wird es nicht merken, und alleine der Gedanke daran könnte mich wieder in Tränen ausbrechen lassen. Stattdessen atme ich aber tief durch. Ich lasse auch die Autorin Ava Roach zurück, die sich das Hirn zermartert, wie sie je wieder an die alte Unbefangenheit anknüpfen soll, um ein neues Buch zu schreiben.

Während die Skyline New Yorks hinter mir zusammenschrumpft, habe ich das Gefühl, als würden auch die Stimmen leiser, die mich verfolgen, sobald ich an meinen Roman denke. Wie können Sie Ihre Leser nur so enttäuschen?, das ist noch eine der harmlosesten Formulierungen, die mir unter die Haut gefahren sind. Wenn Jaden davon wüsste, wie sehr sie mich unter Druck zu setzen versuchen und wie wenig ich dagegen machen kann, er würde ausflippen.

Gegen zwei Uhr nachts lande ich in New Haven. Zu meiner Mom will ich nicht, nicht sofort. Sie wird sich Gedanken machen, was ich mitten in der Nacht will, daher lenke ich den Wagen nicht in die Richtung des Hauses, in dem sie mit Harry, Jadens Vater, wohnt.

Nach einiger Zeit stehe ich auf dem Parkplatz vor dem Firework, der Bar, in der ich früher gekellnert habe - vor einer Ewigkeit, wie mir scheint. Mittlerweile haben Luc und Jimmy die Bar zu einem Highlight der Stadt hochgearbeitet und der Parkplatz ist fast voll, die Bar überfüllt.

Hier weiß niemand etwas von den Vorfällen, keiner weiß, dass ich ein Kind habe, dessen Vater Jaden ist. Niemand ahnt, dass Jace im Krankenhaus darum kämpft, wieder ins Leben zurückzufinden. Niemand weiß etwas von meinen beruflichen Sorgen.

Hier bin ich ganz einfach Ava, die mal hier lebte und hier kellnerte.

Der Laden ist brechend voll und ich muss mir einen Weg an die Theke bahnen. Als einer der Hocker frei wird, setze ich mich darauf, obwohl ein großer Typ ihn mir wegschnappen will. Mein vernichtender Blick trifft ihn, und der könnte Kryptonit schmelzen, daher überlässt er ihn mir wohl lieber.

»Ava Roach, welch' heller Glanz in unserer bescheidenen Hütte!«, ruft Luc, als er mich entdeckt. Er beugt sich vor, küsst mich auf beide Wangen und stellt mir eine Cola hin, doch ich winke ab.

»Ein Tequila wäre mir lieber«, meine ich und zeige ihm an, dass es ein Doppelter sein soll.

»Ups, Probleme?«, fragt Luc mit hochgezogener Augenbraue.

»Du hast keine Vorstellung.«

Jimmy winkt vom anderen Ende der Bar. Zart drückt Luc meine Hand. »Wir sprechen später, wenn es ruhiger ist.« Er zwinkert mir zu und ist auch schon wieder beschäftigt.

Ungeduldig kippe ich den Inhalt des Glases in mich hinein. Er brennt in meiner Kehle und ich muss einen Hustenanfall unterdrücken.

»Ich hätte dich fast nicht wiedererkannt, Ava Roach.« Der große Typ neben mir quatscht mich an. Der hat mir gerade noch gefehlt. Seine blöde Anmache kann er sich sonst wohin stecken.

»Ich wüsste nicht, dass wir uns kennen, Blödmann«, brumme ich und schaue in seine grinsende Visage.

»Sag jetzt nicht, dass du nicht weißt, wer ich bin!«

Nun schaue ich doch genauer hin und es haut mich aus den Socken. »Brook? ... Brooklyn?« Ich fasse es nicht, doch sein Nicken bestätigt meine Vermutung. »Mein Gott, hast du dich verändert!«

»Das kann ich nur zurückgeben. Obwohl du mir sofort bekannt vorkamst.«

»Du siehst so ganz anders aus als früher.« Ich starre auf seine breite Brust, die muskulösen Oberarme, die sein Hemd fast sprengen. Himmel, ist der Typ trainiert!

»Die platzen ja bald!«, grinse ich und starre weiter auf seine Monsteroberarme.

»Das kommt von der Arbeit und ich trainiere viel«, meint er lässig und zuckt mit den Schultern.

»Was machst du?« Ich erinnere mich, dass er das Studium abgebrochen hat, nachdem er die Beziehung zu Hope in den Sand gesetzt hatte.

»Ich bin bei der Polizei.«

»Was? Wirklich?«

Er nickt und lacht. »Ja, unglaublich oder? Ich habe mein Studium in Providence beendet. Habe dort einige Zeit gelebt, vor einem Monat bin ich zurückgekommen. Nun bin ich Detective hier in New Haven.«

Anerkennend nicke ich. »Dann kann ich dir also gratulieren. Schön, dass du wieder hier bist, ich freue mich wirklich.«

Er legt zwei Finger an die Stirn und salutiert mir verschmitzt. »Danke. Wie geht es dir? Was machst du?«, will er wissen und bestellt zwei Bier, eines reicht er mir.

»Ich habe die letzten Jahre in Florida gelebt. Ich schreibe Bücher.«

Fragend hebt er eine Augenbraue. »Damit kann man Geld verdienen?«

»Sehr gut sogar, wenn man erfolgreich ist.«

»Und ich nehme mal an, dass du erfolgreich bist«, meint er und trinkt sein Corona.

»So könnte man es nennen. Ich schreibe aber nicht unter meinem Namen, sondern benutze ein Pseudonym - Rose Garden.« Ich stoße gegen seine Flasche und trinke ebenfalls. Wenn er mit mir nun über meine Karriere sprechen möchte, dann wird dies ein kurzer Abend, denke ich. Das ist etwas, wozu ich jetzt wirklich keine Lust habe.

»Hast du noch Kontakt zu anderen von früher?«, fragt er jedoch und ich atme erleichtert auf. Ich weiß sofort, worauf er hinaus will.

»Du meinst Hope? Nein, soviel ich weiß, lebt sie in Texas. Irgendwann ist der Kontakt abgebrochen, aber ich glaube, sie ist mit Lyndon sehr glücklich.«

»Nein, ich meine Jaden.«

Ich schweige, schaue ihn erschrocken an. Die Erwähnung von Jadens Namen schnürt mir die Kehle zu. Ich weiß nicht genau, was ich sagen soll.

»Jaden lebt in New York, kommt ab und an seinen Vater hier in New Haven besuchen.«

»Dann ist er also wieder im Lande?«

Brooklyn war früher Jadens bester Freund und hatte mitbekommen, wie er mich Hals über Kopf verließ.

»Ja, er ist schon einige Jahre wieder zurück.«

»Wohin war er eigentlich verschwunden?«

»Nach Spanien. Er hatte dort etwas zu klären.«

»Dann hast du wieder Kontakt zu ihm?«

»Er ist der Sohn meines Stiefvaters, da bleibt es nicht aus«, sage ich und versuche, so unbeteiligt wie möglich die Schultern zu zucken.

Brooklyn nimmt einen weiteren Schluck, dann stützt er seine Arme auf die Theke. Mittlerweile sitzt er neben mir, der Laden leert sich merklich.

»Liebst du ihn noch?«

Die Frage trifft mich wie ein Hammerschlag. Ist es so offensichtlich, was ich für Jaden empfinde?

Plötzlich lacht Brooklyn leise. »Schon okay, du brauchst diese Frage nicht zu beantworten, dein Blick ist Antwort genug. Wo ist der Wunderknabe? Warum lässt er dich allein hier rumhängen?«

»Im Moment läuft es nicht so gut zwischen uns, ich musste mal raus aus New York. Ich will meine Mutter besuchen, nur ist es heute zu spät, ich werde mir ein Hotelzimmer für die Nacht suchen.«

»Das kommt gar nicht infrage. Du kannst bei mir schlafen. Ich habe ein kleines Gästezimmer, das du nutzen kannst. Morgen habe ich dienstfrei, dann können wir gemeinsam frühstücken und danach fährst du zu deiner Mom.«

Luc stellt uns zwei weitere Tequilas hin, und da Brook abwinkt, schütte ich gleich beide in mich hinein. Langsam fängt der Alkohol an zu wirken und alle dunklen Gedanken verflüchtigen sich. Selbst Jaden scheint mir nicht mehr der Teufel persönlich zu sein. Allerdings wird mir ein wenig schwindelig. Ich weiß, Alkohol ist keine Lösung, und da ich es nicht gewohnt bin, überhaupt etwas zu trinken, bekomme ich auch nichts mehr hinunter und will nur noch in ein Bett.

»Du lässt sie doch nicht allein nach Hause fahren?«, fragt Luc besorgt, doch Brook schüttelt lachend den Kopf. »Auf keinen Fall, ich nehme sie mit zu mir, da kann sie in Ruhe ihren Rausch ausschlafen.«

»Ich bin nicht betrunken!«, wehre ich mich empört, doch ich merke, wie schwer meine Zunge plötzlich ist, die Worte wollen nicht so einfach über meine Lippen, wie sie sollen.

»Du trinkst doch sonst nie etwas, da steigt es einem schnell in den Kopf. Tu uns allen den Gefallen und lass dich von Brooklyn mitnehmen.« Luc redet mit mir, als wäre ich ein verantwortungsloser Teenager.

»Ich kann selbst fahren«, beharre ich stur und wedele mit meinem Autoschlüssel, den Brook direkt abfängt und in seiner Hosentasche verschwinden lässt. Wenn ich den zurückhaben will, müsste meine Hand in Regionen vorstoßen, in der sie nichts verloren hat. Das weiß Brook natürlich und grinst mich frech an. Blödmann!

3. Kapitel

Ich werde niemals mehr trinken, dieses Mantra bete ich mir schon den ganzen Morgen vor, seit ich die Augen aufgeschlagen habe und meine, in meinem Kopf würde ein Düsenjet zur Landung ansetzen.

Das Klopfen an der Tür dröhnt wie das Hämmern eines wütenden Bauarbeiters.

»Ja«, murmele ich leise.

»Hi, Ava! Ich dachte mir, jetzt, so um halb eins, könntest du ein gesundes Frühstück vertragen.« Brook hat seinen Kopf zur Tür hereingesteckt und grinst mich freundlich an.

»Was? Schon so spät?« Ich kann es nicht glauben.

»Komm, steh auf, Schlafmütze. Ich habe etwas gegen deine Kopfschmerzen.«

Er lässt mich allein und ich schleppe mich ins Bad, um mich frisch zu machen.

Eine Viertelstunde später bin ich vorzeigbar, aber mein Schädel dröhnt immer noch.

In der Küche finde ich Brooklyn, der am Frühstückstisch sitzt und mir einen Stuhl anbietet.

»Komm, iss etwas, auch wenn es dir schwerfällt. Danach trinkst du das hier.« Er zeigt auf ein Glas mit einer milchigen Flüssigkeit.

»Was ich das?«, frage ich angewidert.

»Aspirin. Das macht deinen Kopf wieder klar.«

Nickend setze ich mich und greife nach einem Brötchen.

»Oh Mann. Ich glaube, das gestern war keine so gute Idee. Der Alkohol und ich scheinen in diesem Leben keine Freunde mehr zu werden.«

»Dann solltest du es lassen«, meint Brooklyn grinsend und beißt in ein Brötchen. »Ich trinke auch nicht mehr. Es richtet zu viel Schaden an.«

»Weise Entscheidung.«

Ich schmiere mir Marmelade auf mein Brötchen, für Wurst ist mein Magen noch nicht zu haben.

»Du bist also wieder mit unserem Freund Jaden zusammen. Erzähl mir, wie es ihm ergangen ist.«

Ich erzähle kurz von unserem Zusammentreffen nach all den Jahren, von meiner Mutter und dass ich eigentlich Jaden heiraten wollte.

»Was hält dich davon ab?«, fragt Brook kauend.

»Ein Unfall.«

»Ist Jaden verletzt?«, fragt er alarmiert.

»Nein ... er ist es nicht, der diesen Unfall hatte. Ich ... wir haben ein Kind. Jace. Eigentlich ist es mehr mein Kind. Jaden wusste nicht, dass er der Vater ist, bis Jace diesen Unfall hatte. Er ist natürlich aus allen Wolken gefallen, als er es erfahren hat. Ebenso, wie unsere Familie.«

Brooklyn hat aufgehört zu kauen und schaut mich entgeistert an. »Du meinst, niemand hat gewusst, dass du ein Kind hast?«

Ich schüttele den Kopf. »Nein. Ich machte mich damals auf den Weg nach Florida, als Jaden nicht zurückkam, und irgendwann habe ich gemerkt, dass ich schwanger war. Ich habe mich geschämt und mich verlassen gefühlt. Also habe ich nichts gesagt und Jace allein in Florida aufgezogen.«

Ich schaue Brook mutig ins Gesicht. Es ist schön, mal mit jemandem darüber zu sprechen, der nicht zur Familie gehört und mir nicht gleich Vorwürfe macht. Ein gutes Gefühl macht sich in mir breit, als ich mich an diese Zeit erinnere. Sicher, sie war schwer, aber aus ihr habe ich auch meine Kraft geschöpft.

»Wow! Du bist ganz schön tough. Das hätte ich dir wirklich nicht zugetraut. Wie alt ist Jace jetzt?«

»Elf Jahre.«

»Du hast ein Kind bekommen und Karriere gemacht und Jaden elf Jahre verschwiegen, dass er Vater ist?«

Es aus Brooklyns Mund zu hören, macht mir plötzlich ein schlechtes Gewissen.

»Entschuldige, ich hätte es dir nicht erzählen sollen.« Wie sollte Brook es verstehen, wenn ich es selbst nicht kann?

»So war das nicht gemeint. Ich bin weit davon entfernt, ein Urteil abzugeben. Das steht mir nicht zu. Als Polizist bin ich gewohnt, nur die Tatsachen zu bewerten. Was ist dem Jungen zugestoßen?«

Ich nicke ihm zu und bin dankbar, dass Brook mich nicht verurteilt. Er ist wirklich noch der Freund, der er vor vielen Jahren war.

»Jace spielt sehr gut Tennis und war auf dem Weg zu einem Trainingslager. Der Bus hatte einen Unfall. Er wurde am Arm verletzt und operiert, dann fiel er plötzlich ins Koma. Hirnblutung. Niemand weiß, wann oder ob er überhaupt wieder erwacht. Dieses Warten bringt mich um. Und langsam gehen mir die Gebete aus.«

Brooklyn schaut mich voller Mitleid an. Das hasse ich am meisten, doch mit einem Mal finde ich es gar nicht mehr so schlimm, bemitleidet zu werden.

Sachte legt er seine Hand auf meine und streicht darüber. Es ist eine liebevolle Geste. »Er wird wieder aufwachen. Sein Vater ist ein Kämpfer und seine Mutter auch. Eurem Jungen bleibt gar nichts anderes übrig, als auch zu kämpfen.« Er drückt meine Hand. »Was machst du eigentlich hier in New Haven?«

»Ich will meine Mom und Jadens Vater besuchen. Seitdem sie wissen, dass sie Großeltern sind, gab es noch keine Möglichkeit der Aussprache. Ich habe das viel zu lange aufgeschoben. Jetzt ist es an der Zeit, mit ihnen zu reden.«

»Was ist mit Jaden und eurer Hochzeit?«

»Ich weiß es nicht. Ich kann mir nicht vorstellen, dass er mich noch heiraten will.«

»Sprecht ihr nicht darüber?«

Ich schüttele den Kopf und traue mich nicht, Brooklyn anzusehen. »Ich weiß, dass es töricht ist, aber ich habe so ein Gefühl, als würde ich Jace verlieren, wenn ich meine Zukunft mit Jaden zum Thema mache. Ich weiß, das klingt verrückt, aber ich kann mit Jaden einfach nicht darüber reden, solange nicht feststeht, ob mein Sohn ein Teil dieser Zukunft sein wird oder nicht. Ich habe entsetzliche Angst, Brook!«

Bei dem Wort Angst fällt mir ein, wie ich vor ein paar Wochen das letzte Mal ins Internet ging, um mich um meine Fans zu kümmern. Und wie ich entsetzt den Laptop ausschaltete, als ich sah, welcher Shitstorm offensichtlich gerade über mich hereinbrach – völlig unbemerkt von mir, weil ich Tag und Nacht an Jace' Bett gesessen und um sein Leben gebangt hatte. Mir fällt ein, wie meine Stimme schrill wurde, als ich im Verlag anrief. Wie man mich beruhigte und mir zusicherte, sich darum zu kümmern. Wie man mich beruhigte, dass solche Leute sich nur unter dem Deckmantel der Anonymität bewegten und mir nie persönlich entgegentreten würden. Und wie ich das nicht glaubte.

Brooklyn trinkt seinen Kaffee und sieht mich nachdenklich an.

»Was ist los?«, fragt er unvermittelt.

»Nichts!« Überrascht schaue ich ihn an.

»Du warst noch nie eine gute Schauspielerin, Ava«, sagt er ruhig. »Und ich kann mir nicht vorstellen, dass die Panik, die ich gerade in deinem Blick entdeckt habe, nur etwas mit Jaden zu tun hat. Oder irre ich mich?«

Ich starre ihn an. Seit wann ist Brook so ein aufmerksamer Beobachter? Hat sein Job ihn dazu gebracht, direkt hinter die mühsam aufrechterhaltenen Fassaden der Menschen zu blicken, mit denen er spricht?

Ich schlucke trocken.

»Du kannst es mir erzählen, du weißt doch: Die Polizei, dein Freund und Helfer.«

»Gegen diese Leute kannst auch du nichts ausrichten, glaubs mir, Brook«, sage ich leise.

Er nickt wieder. »Hat es mit deinem Job zu tun?«

Ich schau ihn offen an. »Bitte sei mir nicht böse, ich möchte jetzt nicht darüber sprechen, okay?«

»Weiß Jaden davon?«

»Nein!«, rufe ich erschrocken. »Und das bleibt auch so, hast du mich verstanden?«

»Kein Problem«, sagte er zu meiner Überraschung. »Aber eines kannst du mir glauben, Ava, Reden hat bisher noch immer geholfen. Vielleicht lösen sich deine Probleme in Luft auf. Möglicherweise stellst du fest, dass du dir umsonst solche Sorgen gemacht hast.«

Ich zucke die Schultern, aber ich lächele ihn dankbar an. Es ist schön zu sehen, dass Brook noch mein Freund ist. Und irgendwie tut es mir gut, dass er so eine Sicherheit ausstrahlt.

»Du solltest ihn mal anrufen«, sage ich. »Ich glaube, er würde sich freuen, wieder von dir zu hören.«

»Glaubst du das wirklich?« Brooklyn sieht nicht überzeugt aus.

»Ja, Jaden könnte gerade jetzt einen Freund gebrauchen. Es ist auch sein Sohn, der im Koma liegt.«

4. Kapitel

Es ist Samstag, an dem Tag ist Mom gewöhnlich zu Hause und nicht im Camp, um die Kinder zu versorgen. Bis mir einfällt, dass das Camp nun bis Ende März geschlossen hat. Die Tennissaison ist zu Ende, das Wetter ist zu kalt und unbeständig.

Als ich die Auffahrt zu dem großen Haus hinauffahre, kommt es mir so vor, als ob ich heimkehre, dabei habe ich hier nicht lange gelebt.

Ich parke meinen Wagen seitlich vor den Garagen, und bevor ich an die Tür klopfen kann, wird sie schon von innen geöffnet.

»Ava?« Ireland ist überrascht, mich zu sehen, das erkenne ich in ihrem Blick. Kein Wunder, ich habe mich seit vielen Wochen nicht gemeldet.

»Mom! Ich hoffe, es ist dir recht, dass ich so unangemeldet vorbeischaue.«

»Ach Kind, natürlich ist es mir recht! Komm her!« Sie reißt mich in ihre Arme. Wir haben uns nur einmal im Krankenhaus gesehen und so entsetzlich gestritten, dass ich mir nicht sicher war, ob meine Mutter überhaupt noch mit mir spricht.

»Mom, es tut mir so leid!«, flüstere ich und plötzlich fließen die Tränen, die ich all die Wochen über nicht weinen konnte. Ganze Sturzbäche laufen mir die Wangen hinunter und ich kann gar nicht mehr aufhören zu schluchzen.

»Nein, mein Kind. Mir tut es leid. Ich hätte mich besser um dich kümmern müssen. Ich war keine gute Mutter. Ich hoffe, du kannst mir verzeihen.«

Auch Mom weint ein paar Tränen und wir schauen uns mit nassen Augen an. Dann plötzlich lächelt sie. »Ich freue mich so sehr, dass du gekommen bist. Komm rein und erzähl mir, was es Neues von Jace gibt.« Sie legt ihren Arm um meine Schultern und zieht mich ins Haus.

»Jace geht es unverändert. Seine Vitalfunktionen sind nach wie vor gut, aber er liegt noch im Koma. Ich hoffe jeden Tag, dass er aufwacht. Etwas anderes bleibt mir nicht.«

Wir setzen uns ins Wohnzimmer und Mom reicht mir ein Glas Wasser.

»Harry macht einige Besorgungen, aber er wird gleich zurück sein. Auch er wird sich freuen, dich zu sehen. Wie geht es Jaden?«

»Ich glaube, ganz gut.«

»Du glaubst?« Ihr fragender Blick spricht Bände.

»Ja, es läuft in Moment nicht so gut zwischen uns. Ich glaube, ich sollte ausziehen und ihm seinen Freiraum lassen. Ich bin sicher, er gibt mir die Schuld an allem, was geschehen ist, und wenn er mich täglich vor Augen hat, wird er nie darüber hinwegkommen.« Ich nehme einen Schluck Wasser und merke erst jetzt, wie durstig ich bin.

»Ich glaube, du irrst dich gewaltig, Kind. Jaden gibt dir nicht die Schuld an dem Unfall, das wäre ja auch Unsinn, schließlich bist du nicht gefahren. Und dass eine Mutter ihr Kind in gute Hände gibt, damit es zu einem Turnier fahren kann, ist auch nicht etwas, was er dir vorwerfen würde. Niemals. Selbst, dass du ihm nichts von Jace erzählt hast, akzeptiert er, auch wenn er es nicht versteht. Ich glaube eher, dass er sich nicht verzeihen kann, dich damals hier allein zurückgelassen zu haben, als er nach Spanien reiste. Es ist sein schlechtes Gewissen, das ihn quält. Das ist es, was du in seinen Augen siehst.«

»Du hast mit ihm gesprochen?«

»Das muss ich gar nicht. Ich kenne ihn wie meinen eigenen Sohn. Ein Blick in sein Gesicht genügt.«

»Darf ich wieder bei euch einziehen?«, rutscht es mir über die Lippen, ohne dass ich richtig über die Worte nachdenke. »Nur solange Jace im Krankenhaus ist. Wenn er wieder gesund wird, werde ich mir ein eigenes Haus kaufen, wenn nicht, dann ...« Den Rest des Satzes lasse ich unausgesprochen. Was geschieht, wenn Jace sterben sollte, daran mag ich gar nicht denken. Aber mein Kind wird nicht sterben, nicht, wenn ich diesen Gedanken nicht laut ausspreche.

»Aber natürlich, Ava. Du bist hier immer willkommen. Egal, was auch geschieht. Du bist unsere Tochter, wir lieben dich. Das Haus ist groß, du weißt, wir haben jede Menge Zimmer.«

»Ich brauche einen Platz, damit ich schreiben kann. Ich konnte den Veröffentlichungstermin für meinen nächsten Roman verschieben, doch ich muss langsam wieder mit der Arbeit beginnen, denn ein weiteres Mal wird mein Verlag mir nicht entgegenkommen.« Was auch immer geschieht, unter keinen Umständen möchte ich, dass Mom sich auch noch Sorgen um meine Karriere macht. Es reicht, wenn sie als Großmutter mit mir um das Leben von Jace bangt.

»Du kannst dir ein Schreibzimmer einrichten, wenn du möchtest. So hast du einen Raum, in den du dich zurückziehen kannst.« Mom scheint wirklich erfreut darüber zu sein, mich im Haus zu haben.

»Das wäre toll. Glaubst du, Harry wäre es auch recht?« Ich muss mir Mühe geben, zu lächeln. Wenn sie wüsste, wie wenig Zuversicht ich im Moment habe, dass ich je wieder einen Satz schreiben werde.

»Aber natürlich ist es mir recht«, sagt eine tiefe Stimme. »Bitte entschuldigt, ich habe euch gerade ein wenig belauscht, als ich zur Tür hereinkam. Ava, was für eine Freude, dich hier zu sehen!« Harry, Jadens Vater und Moms Mann, kommt mit weit ausgebreiteten Armen auf mich zu.

Er drückt mich an seine breite Brust und ich weiß, ich habe so viel Liebe nicht verdient, doch ich kann nicht anders und freue mich darüber.

»Danke, ihr seid so lieb.«

»Wie geht es dem Jungen?«, fragt er besorgt.

»Nichts Neues. Ich musste einfach mal aus New York raus.«

»Was hältst du davon, wenn Harry und ich für die nächsten vier Tage nach New York fahren und bei Jace bleiben? So kannst du dich hier ausruhen, ohne dass wir dich stören. Vielleicht schaffst du es sogar, ein wenig zu arbeiten«, schlägt Mom vor.

Zuerst will ich ablehnen, weil es nicht ihre Aufgabe ist, sich um Jace zu kümmern, doch Mom beschwichtigt mich.

»Wir würden es gerne tun. Es wäre keine Last für uns. Er ist unser Enkelkind, es gäbe mir das Gefühl, auch etwas für ihn tun zu können. Kind, lass dir doch helfen, du musst das nicht alles allein schaffen. Wir sind doch eine Familie.«

Harry schaut mich fragend an und ich kann nicht anders, als Mom zuzustimmen.

»Okay, es würde mich wirklich etwas entlasten«, gebe ich zu, wenn auch nur ungern. Das Gefühl, eine schlechte Mutter zu sein, werde ich wohl nie wieder loswerden.

* * *

Mom und Harry wollen am Mittwochabend wieder zurück sein. Sie haben sofort ihre Sachen gepackt und sind Richtung New York aufgebrochen. Ich habe in der Zwischenzeit mein altes Zimmer bezogen, das so viele Erinnerungen birgt. Immer noch sehe ich Jaden in dem Bett liegen, als Mom an meine Tür klopfte und es ihn überhaupt nicht interessierte, ob sie mitbekam, dass er mit mir geschlafen hatte oder nicht.

Ich muss lächeln, wenn ich daran denke. Damals war mein Leben noch in Ordnung und das ist gerade mal einige Monate her.

Harry hat meine spärlichen Sachen aus dem Auto in meinem Zimmer gebracht, wo ich sie nun auspacken kann. Alba, die Haushälterin, ist zurzeit in Urlaub, hat Mom erzählt, also muss ich mich selbst versorgen, was kein großes Problem ist, denn Essen ist so ziemlich das Letzte, woran ich im Augenblick denke.

Als ich den Schrank schließe, schaue ich in die Spiegeltür und sehe eine Frau, die mir fremd ist. Vielleicht sollte ich mal zu einem Friseur, damit aus diesen Fusseln auf meinem Kopf wieder eine richtige Frisur wird. Ich habe im nächsten Monat einen Termin mit meiner Lektorin, da wäre es nicht gut, in so einem zerzausten Zustand aufzutauchen.

Eventuell sollte ich mir auch mal etwas Bewegung gönnen und ein paar Runden laufen. Das Wetter ist schön, auch wenn es jetzt Ende Oktober kalt ist. Die frische Luft wird mir guttun.

Bevor ich hinuntergehe, rufe ich im Krankenhaus an, erkundige mich nach Jace und gebe Bescheid, dass meine Eltern auf dem Weg zu Jace sind. Dann schnappe ich mir meine alten Laufschuhe, die ich im Schrank gefunden habe, dehne meine Muskeln und laufe los.

Mit jedem Schritt, den ich mache, spüre ich, wie Leben in meinen Körper zurückkehrt. Ich schaffe es jedoch nicht weit, dafür ist meine Kondition viel zu schlecht, und als ich nach fast einer Stunde zurückkehre, bin ich total ausgelaugt, aber zufrieden.

Als ich mich der Haustür nähere, zögere ich. Habe ich sie vielleicht nicht geschlossen? Oder bin ich gerade dabei, einen Einbrecher zu überraschen? Verdammt, warum hat man nie einen Baseballschläger parat, wenn man ihn braucht?

5. Kapitel

Ich dusche schon seit Minuten und lasse das heiße Wasser an meinem Körper hinabfließen. Mit gesenktem Kopf stehe ich einfach da und denke an Ava. Ich habe ihren Wagen in der Garage entdeckt und mich nicht gewundert, dass sie zu ihrer Mom gefahren ist.

Ich kann es kaum fassen, dass mein alter Freund Brook sich wieder bei mir gemeldet hat. Wir haben uns für heute verabredet und ich bin wirklich gespannt, wie es ihm so geht. Zwar haben wir kurz telefoniert, aber ich saß in einem Meeting, sodass ich nicht frei sprechen konnte.

Irgendwann habe ich das Gefühl, als wäre mein Kopf klarer, und ich drehe das Wasser ab. Ich steige aus der Dusche und schlinge eines dieser weichen Handtücher um meine Hüften. Ich weiß nicht, wie Ireland es immer schafft, das Frottee so weich zu bekommen.

Nichts ahnend betrete ich mein Zimmer und erstarre zur Salzsäule. Mit weit aufgerissenen

Augen steht Ava neben meinem Bett, in der Rechten ein großes Fleischmesser.

»Falls du mich im Schlaf ermorden wolltest, musst du dich noch etwas gedulden, ich gehe heute aus und werde wohl erst spät zu Bett gehen. Du kannst aber gerne mit dem Messer hier auf mich warten.«

Sie starrt mich an, als hätte sie einen Geist gesehen.

»Bist du wahnsinnig? Was machst du hier?«, schreit sie aufgebracht.

»Ich weiß genau, was ich hier mache, aber was ist mit dir?«, schieße ich sofort zurück. »Ich bin es schließlich nicht, der mit einem riesigen Messer an meinem Bett steht.«

Erschrocken schaut Ava auf die Waffe, als würde ihr erst jetzt klar werden, was sich da in ihrer Hand befindet.

»Du Idiot hast die Haustür aufgelassen und ich dachte, es wäre ein Einbrecher im Haus!«

»Ein Einbrecher, der erst eine Dusche nimmt, bevor er das Haus ausräumt?« Ich muss grinsen.

»Du Blödmann! Kannst du nicht einmal etwas ernst nehmen? Ich bin ganz allein hier. Warum steht dein Auto nicht vor der Tür?«

Sie ist ziemlich wütend, das ist nicht zu übersehen. Sie gestikuliert wild mit dem langen

Messer. Ich würde sie am liebsten in meine Arme reißen, doch das lasse ich lieber.

»Weil ich es in die Garage gefahren habe.«

»Was machst du denn hier?«

»Meine Eltern besuchen.«

Wütend schnauft sie. »Sie sind aber nicht hier, sie sind nach New York gefahren, um nach Jace zu sehen.«

»Ja, das habe ich auch gemerkt, als ich hier ankam. Ich habe Harry angerufen. Vielleicht hätte ich mich melden sollen, bevor ich losgefahren bin. Aber jetzt bin ich nun mal hier.«

Na toll, scheint ihre Mimik auszudrücken, doch sie spricht es nicht laut aus.

»Mom und Harry haben mich allein gelassen, damit ich in Ruhe arbeiten kann.«

»Ich werde dich ganz bestimmt nicht davon abhalten, bin auch gleich wieder weg«, meine ich freundlich.

»Aha, verstehe. Na, dann viel Spaß mit deinem Date!«, ruft sie aufgebracht und wirft hinter sich die Tür laut ins Schloss.

* * *

Ich schaue in das Gesicht des Mannes, der früher mal mein bester Freund war, und kann nicht fassen, wie sehr er sich verändert hat. Es bedarf aber nur weniger Augenblicke, schon herrscht wieder diese Vertrautheit zwischen uns, die ich sonst nur bei Ava spüre, auch wenn sie im Moment nicht so gut auf mich zu sprechen ist.

Ich habe sie mit Absicht im Glauben lassen, dass ich heute Abend ein Date mit einer Frau habe. Dabei muss ihr doch klar sein, dass es für mich nie wieder eine andere Frau geben wird als sie. Doch sie ist im Moment einfach zu verwirrt, um das zu begreifen und um zu erkennen, wie sehr ich sie liebe.

»Mensch, Jaden, du hast dich überhaupt nicht verändert!« Brook umarmt mich und schlägt mir auf die Schulter.

»Was man von dir ja wohl nicht sagen kann.« Ich erwidere seine herzliche Umarmung.

Er hat eine Wohnung mitten in der Stadt. Ich sehe mich neugierig um. An der Wand hängen Auszeichnungen, dazwischen prangt ein riesiger Flachbildfernseher. Es stehen einige Umzugskartons herum, die noch nicht ausgepackt sind.

»Ich hole uns ein Bier«, ruft Brook und geht in die Küche.

»Für mich bitte ein Wasser!«

»Was? Du trinkst nicht mehr?« Er schaut mich verblüfft an, als ich ihm folge.

»Nein, du weißt ... wegen Harry und vielleicht auch, um mir selbst etwas zu beweisen.« Ich setze mich an den Küchentisch und Brook folgt meinem Beispiel.

»Du hast recht, ich muss morgen zum Dienst und bleibe auch bei Wasser.« Plötzlich lacht er. »Hey, was ist aus uns tollen Kerlen nur geworden?«

Ich grinse. »Noch tollere Kerle.«

Wir stoßen mit unseren Wassergläsern an.

»Ich freue mich, dich nach so vielen Jahren wiederzusehen, Kumpel. Ich bin froh, dass ich Ava über den Weg gelaufen bin. Sie war der Meinung, dass es dich freuen würde, wenn ich mich bei dir melde.«

Ava?

Meine Gedanken rasen.

»Du hast dich mit Ava getroffen?« Ich bin verwirrt.

»Nein, ich bin ihr zufällig im Firework begegnet. Sie hat etwas zu viel getrunken gestern, da habe ich sie mit hierhergenommen, weil sie nicht mehr fahren konnte.«

Brook schaut mich lächelnd an und ich bin plötzlich gar nicht mehr so begeistert von ihm. Dann wird sein Blick ernst. »Hey, Mann, sie ist deine Freundin und ich weiß, dass du wieder mit ihr zusammen bist. Keine Panik, ich fische nicht in fremden Gewässern. Es war ein Freundschaftsdienst, sie hat in dem Gästezimmer geschlafen und wir haben zusammen gefrühstückt, dann habe ich sie zu ihrem Auto gefahren. Alles ganz harmlos.«

Nachdenklich trinke ich einen weiteren Schluck, dann verziehe ich den Mund. »Du kennst Ava, die Redewendung wieder mit ihr zusammen sein bedeutet nicht dasselbe wie bei anderen Leuten.«

»Ich habe von euren Problemen mit dem Jungen gehört. Du und Vater, das ist das Letzte, was ich mir vorstellen kann.«

Ich zucke die Schultern. »Ja, das ist auch etwa, was ich nur schwer glauben kann. Ich hoffe nur, dass ich noch Gelegenheit bekomme, meine Qualitäten unter Beweis zu stellen. Weißt du, Brook, ich wünsche mir nichts mehr, als dass ich einmal höre, wie Jace mich Dad nennt.«

»Hey, Mann, das kann ich gut nachvollziehen.«

»Erzähl, was ist los bei dir? Was machst du wieder in New Haven?« Ich gebe zu, ich bin ziemlich neugierig, was aus meinem Kumpel geworden ist. Als ich damals so überraschend nach Spanien aufbrach, hatte er sich bereits von seiner damaligen Freundin Hope getrennt und die Stadt verlassen.

»Ich bin zur Polizei gegangen. Unglaublich oder? Habe einige Zeit in Providence gelebt, jetzt wurde eine Stelle als Detective hier frei und ich habe zugeschlagen.«

Ich bin beeindruckt. »Wow, nicht schlecht. Wenn das mal keine Neuigkeit ist. Ich hoffe, du haust mich mal raus, wenn ich festgenommen werde!«, meine ich und lache laut auf.

»Ehe ich dir helfe, werde ich mich vermutlich erst einmal um Ava kümmern müssen.«

Ich starre ihn an. »Ava, wieso?«

Brook wird ernst, so ernst, wie ich ihn noch nie zuvor erlebt habe.

»Taj, das wirst du gleich sehen. Ava hat viel geredet, als sie hier schlief. Vielleicht erinnert sie sich nicht einmal mehr daran, was sie gesagt hat. Und als sie fort war, habe ich ein wenig recherchiert. Es wird Zeit, dass du dir etwas ansiehst«, sagt Brook.

Er geht zu seinem Rechner und fährt ihn hoch.

6. Kapitel

Angespannt sitze ich vor meinem Laptop. Ich gehe nicht mehr online, will einfach nicht das vor Fan-Mails überquellende Postfach sehen, auch wenn darunter vielleicht ganz viele nette Nachrichten sein könnten von Lesern, die sich dem Kreuzzug gegen mich nicht angeschlossen haben. Mein Verlag weiß, dass ich meine Mails nicht mehr abrufe, aber sie lassen mich in Ruhe. Früher sind wir auch alle nur mit dem Telefon klargekommen, das muss nun wieder reichen.

Verzweifelt versuche ich, etwas zu schreiben, doch mir fällt nichts ein. Welches Szenario ich mir auch vorstellen will, es klappt nicht. Immer wieder schiebt sich Jace in meine Gedanken und jetzt auch noch Jadens Gesicht, wie er eine verführerische Rothaarige küsst oder eine sexy Blondine.

Verflucht! Wütend knalle ich den Computer zu. Jadens Auftauchen bringt mich total aus dem Konzept. Warum schafft er es nach all den Jahren immer noch, mich so durcheinanderzubringen?

Warum kann ich ihn einfach nicht aus meinen Gedanken verbannen? Die Antwort liegt wohl auf der Hand - weil ich ihn liebe. Was immer passiert, wo auch immer ich bin.

Jaden zu vergessen, war unmöglich, denn ich habe ein Kind, das seinem Vater unglaublich ähnlich sieht. Wie sehr habe ich mir immer eine Familie gewünscht! Eine Familie, wie ich sie nie hatte. Und dann hat mein verdammter Stolz es nicht zugelassen, Jace in den Genuss solch einer Familie kommen zu lassen. Jetzt ist es zu spät und ich trage die Schuld daran. Wäre ich nicht so verdammt verbohrt gewesen und hätte Jace von seinem Vater ferngehalten, würde er nun nicht im Koma liegen. Ich weiß, wie verrückt das klingt, aber mein Verstand kann einfach keine anderen Schlüsse ziehen. Hätte ich in meiner Vergangenheit andere Entscheidungen getroffen, würde meine Gegenwart auch eine andere sein. Und die von Jace. Mit ziemlich hoher Wahrscheinlichkeit läge er nicht seit zwei Monaten im Koma. Und Jaden wäre jetzt nicht auf einem Date mit einer fremden Frau. Ich habe ihn in ihre Arme getrieben, daran habe ich nicht den geringsten Zweifel. Ich Idiot!

Um mich abzulenken, rufe ich Mom an und informiere mich, ob es etwas Neues aus dem

Krankenhaus gibt, doch die Nachrichten sind immer die Gleichen. Ich wünsche ihr und Harry einen schönen Abend, weil sie ein Musical besuchen wollen, und beende das Gespräch.

Nachdenklich schaue ich auf die Uhr. Es ist früher Abend und ich habe, wie ich überrascht feststelle, plötzlich Hunger, also bestelle ich mir eine Pizza. Eine Vegetarische mit doppelt Käse und einen großen Salat dazu. Mir läuft das Wasser im Mund zusammen. So etwas habe ich schon ewig nicht mehr gegessen.

Nach einer halben Stunde klopft es an der Tür und ich rechne mit dem Pizzaboten. Schnell suche ich mein Geld und öffne.

»Pizza und Salat für die Dame?«

»Jaden?« Ich bin überrascht, habe ich ihn doch erst am nächsten Morgen zurückerwartet.

»Was machst du mit meiner Pizza?«, frage ich verblüfft und sehe draußen nach, ob der Bote noch wartet.

»Ich habe den Pizzaboten unten an der Straße abgefangen. Du schuldest mir 15 Dollar, ich war mit dem Trinkgeld etwas großzügig.« Er drückt mir den Karton in die Hand und stellt den Salat in der Küche auf der Bar ab. Ich krame nach den richtigen Geldscheinen, doch er hält mich davon ab.

»Vergiss es, wir teilen.«

»Aber woher weißt du, dass die Pizza nach deinem Geschmack ist?«

»Egal, ich sterbe vor Hunger.« Er öffnet den Deckel der Packung. »Was ist das?«

»Vegetarische Pizza.« Ich schaue ihn herausfordernd an, vielleicht mag er die ja nicht und ich habe sie für mich allein.

»Okay, kann ja nicht schaden. Komm, lass uns essen.«

»Gibt es etwas Neues von Jace?«, fragt Jaden, als wäre es das Normalste der Welt.

»Nö, alles beim Alten«, meine ich kauend und schüttele den Kopf. Wir sitzen hier zusammen, als hätte es unseren Streit in New York nicht gegeben. Der tut mir mittlerweile wirklich leid, also lasse ich ihn einfach auf sich beruhen und rühre nicht noch einmal in dieser Wunde.

»Dann bin ich ja beruhigt.«

»Warum?«, frage ich entsetzt. Seine Worte schnüren mir plötzlich den Hals zu. Es hört sich an, als würde es ihm gar nichts ausmachen, dass es Jace nicht endlich besser geht.

»Weil ich der Meinung bin, dass jeder Tag, den er sich ausruht und die Schwellung abklingt, ein guter Tag ist. Also ist heute ein guter Tag und jetzt erzähl mir von deinem Buch.«

Er schiebt sich ein Stück Pizza in den Mund und eine Gurkenscheibe aus dem Salat hinterher.

Ich schlucke mühsam, mir bleibt bei der Erwähnung meines Romans das Essen buchstäblich im Hals stecken.

»Es gibt nichts zu erzählen.«

»Warum nicht?«

»Weil ich mich mit anderen Dingen beschäftigt habe.«

»Du meinst, weil du dir Sorgen machst um Jace? Hör mal, wir sollten jeden Morgen über ihn sprechen, damit wir den Rest des Tages unseren Kopf frei haben für andere Dinge. Es bringt nichts, sich den ganzen Tag über Sorgen zu machen. Wenn Jace erst wieder aufwacht, braucht er unsere ganze Aufmerksamkeit, bis dahin müssen wir unsere Jobs erledigen. Du genauso wie ich.«

Wortlos starre ich ihn an und muss verarbeiten, was er da sagt. Ohne Zweifel geht Jaden davon aus, dass Jace wieder aufwacht. Ich bewundere ihn für seinen Optimismus und wünschte, ich könnte ihn teilen.

Ich starre vor mich hin, bis Jaden mir die Gabel aus der Hand nimmt.

»Hey, vertraue mir. Ich weiß, ich habe vieles falsch gemacht und dir bisher keinen Grund geliefert, mir zu vertrauen. Doch ich werde dir beweisen, dass du es kannst.«

»Du bist also nicht böse auf mich?«

Verwirrt schaut mich Jaden an. »Böse? Wie kommst du nur darauf?«

»Nun, es läuft ja nun wirklich nicht gerade gut zwischen uns ... ich weiß einfach nicht, was ich denken soll.«

»Du solltest dir gar keine Gedanken machen, du weißt, dass ich dich liebe oder nicht?«, fragt er gerade heraus und schaut mich mit einem Blick an, der das Eis um mein Herz schmelzen lässt.

»Wie war dein Date?«, frage ich, um von mir abzulenken. Bloß nicht weiter an meiner Schreibblockade rühren.

»Ich hätte dort die Nacht verbringen können, doch ich habe abgelehnt.«

Ich atme langsam aus, versuche die Tränen zurückzudrängen, die mir in die Augen steigen. Ich frage mich, wann er die andere Frau kennengelernt hat.

»Obwohl es sehr verführerisch war, als ich hörte, dass du gestern auch in dem Bett geschlafen hast.«

Verwirrt schaue ich ihn an, bis es mir dämmert. »Du warst mit Brook verabredet?«

Jaden lacht und an seinen Augen bilden sich diese verführerischen Lachfältchen, die mein Herz doppelt so schnell schlagen lassen wie sonst.

»Er bestellt dir liebe Grüße. Fast hätte ich ihn nicht wiedererkannt. Er hat sich ja mächtig verändert.« Jaden hebt seinen Arm und spannt seinen Bizeps an.

Ich lache laut auf. »Das kannst du laut sagen.«

»Ähm, gehe ich recht in der Annahme, dass du im Moment nicht schreiben kannst?« Jaden trifft den Nagel auf den Kopf, doch ich werde den Teufel tun, ihm das auch noch zu bestätigen.

»Wie kommst du darauf?«, frage ich scheinheilig und stopfe mir eine Gabel Salat in den Mund, damit dieser etwas zu tun bekommt.

»Ava, bitte. Ich kenne dich. Du bist mir so vertraut wie sonst kein Mensch. Ich möchte, dass du jetzt nach oben gehst ...«

»Das kannst du dir abschminken«, unterbreche ich ihn unfreundlich.

»Jetzt hör' doch erst mal zu. Du gehst nach oben, packst Sachen für drei Tage ein und kommst wieder nach unten.«

Verständnislos schaue ich ihn an. »Und was ist mit dir?«

»Ich habe eine Tasche im Auto.«

»Warum sollte ich das tun?«, frage ich skeptisch.

»Weil ich es dir sage. Stell doch nicht immer alles infrage. Warum machst du nicht einfach mal das, was man dir sagt?«

Ich versuche, in seinem Gesicht zu lesen, doch eine Antwort auf die Frage, was er vorhat, finde ich dort nicht.

»Bitte, Ava. Es wird dir gefallen, ich verspreche es dir.«

Ihm einfach so zu vertrauen, fällt mir wirklich nicht leicht, und ich habe keine Ahnung, was er vorhaben könnte. Doch ich stehe auf Abenteuer, also warum nicht auch auf eines mit Jaden. Verstohlen wische ich mir über die Augen und nicke.

Langsam setze mich in Bewegung. Als ich oben an der Treppe ankomme, höre ich ihn rufen: »Ach, und vergiss deinen Pass nicht.«

7. Kapitel

Am Flughafen steuere ich den nächsten Schalter an, Ava im Schlepptau. Sie weiß nicht, wohin die Reise geht, und ich habe auch nur eine vage Vorstellung, denn ich weiß nicht, ob meine Idee klappt.

Ava hat mich wirklich überrascht, dass sie ohne groß Fragen zu stellen ihre Sachen gepackt hat und einfach mit mir gefahren ist.

Drei Tage! Ich gebe mir drei Tage, um Avas Liebe zurückzugewinnen. Drei Tage, in denen wir der Wirklichkeit entfliehen können. Drei Tage, die auch ich dringend brauche, damit ich wieder einen klaren Kopf bekomme. Ich habe Avas Verleger versprochen, mich aus allem rauszuhalten. Und Brook auch. Ich soll mich um die Frau kümmern, die ich liebe. Selten hat mich etwas so beschämt, wie die Erkenntnis, dass ich das in der letzten Zeit wirklich besser hätte machen können.

Ich bitte Ava, hinter mir zu warten. Sie soll nicht auf Anhieb mitbekommen, welches Ziel ich für uns ausgesucht habe. Die freundliche Angestellte der Fluggesellschaft reicht mir die Tickets, nachdem ich ihr meine Kreditkarte herübergeschoben habe. Höflich bedanke ich mich und schaue auf die Abflugtafel. Unser Flug geht in einer Dreiviertelstunde, das Boarding hat schon begonnen und ich ziehe eine konsternierte Ava zum Eincheckschalter.

Zwanzig Minuten später sitzen wir in der Maschine, eingequetscht zwischen Hunderte von Touristen.

»Was wollen wir in Nassau?«, fragt Ava, und schüttelt zum wiederholten Mal den Kopf.

»Lass dich doch einfach überraschen und stelle keine Fragen, auf die ich sowieso nicht antworten werde.«

Sie zieht eine Schnute, die ich zum Küssen finde, doch ich unterdrücke meinen Impuls, denn ihre Reaktion darauf ist nicht vorhersehbar. Nachher bringt sie noch das Personal dazu, die Türen zu öffnen, damit sie wieder aussteigen kann, obwohl wir bereits langsam zur Startbahn rollen. Bei Ava muss man auf alles gefasst sein.

Fünf Stunden später landen wir auf dem Lynden Pindling Flughafen von Nassau, der Hauptstadt der Bahamas. Es ist bereits elf Uhr abends und dunkel, aber die Insel leuchtet beim Landeanflug wie ein edler Kristall.

Ava hat die meiste Zeit an meiner Schulter geschlafen, und als wir zur Landung ansetzen, greift sie nach meiner Hand.

»Landungen sind nicht so mein Ding«, erklärt sie und ich drücke ihre Hand. Meins auch nicht, doch das behalte ich lieber für mich.

»Kein Problem, nachdem du schon mein Hemd vollgesabbert hast, während du schliefst, ist das hier der angenehme Teil.«

»Ich sabbere nicht!«, ruft sie empört über den Landelärm hinweg.

Ich muss lachen. »Nein, tust du auch nicht. Jetzt kannst du aber schön wachbleiben, wir haben wieder festen Boden unter den Füßen.«

Wir schnappen unser Gepäck und springen in ein Taxi.

»Zum Cove Atlantis, bitte.«

»Puh, ganz schön warm hier, ich glaube, ich habe die falschen Dinge eingepackt.« Ava fächert sich Luft zu. Obwohl es tiefe Nacht ist, ist es wirklich sehr schwül.

»Kein Problem, mehr als einen Bikini brauchst du nicht, den können wir im Hotelshop kaufen.«

»Das hättest du wohl gerne, dass ich den ganzen Tag nur im Bikini vor deiner Nase herumtanze.«

»Die Vorstellung hat zumindest etwas. Dass du vor mir tanzt, meine ich.«

Unsere Fahrt dauert eine halbe Stunde, dann taucht das imposante Gebäude des Hotels auf. Pagen in Uniformen öffnen uns die Türen und wir betreten eine völlig andere Welt.

»Wow, was für ein Luxus!«, staunt Ava, als sie mir durch die Hotelhalle zur Rezeption folgt.

»Ah, Mr Styles. Wir schön, dass Sie uns wieder besuchen. Wie immer Ihre Suite mit Blick auf das Meer?«

»Nein, Jerry, ich nehme heute eine Suite mit 2 Schlafzimmern.«

Der Angestellte schaut in den Computer und schüttelt dann enttäuscht den Kopf. »Dann kann ich Ihnen nur noch die Penthouse-Suite anbieten. Wir sind so gut wie ausgebucht. Sie hätte reservieren sollen, Mr Styles.«

»Wir haben uns spontan für ein langes Wochenende entschlossen. Gut, dann nehmen wir die Penthouse-Suite.«

Ich fülle das Anmeldeformular für Ava und mich aus, reiche die Pässe über den Empfangstresen und bezahle mit der Kreditkarte.

Unsere Taschen werden bereits auf die Suite gebracht, während wir uns ins Restaurant verabschieden.

Neugierig beobachte ich Ava, die sich die ganze Zeit über sehr still verhalten hat. Wir bestellen, dann wage ich einen kleinen Vorstoß.

»Hoffentlich gefällt dir meine Überraschung?«, frage ich ein wenig angespannt.

Sie schaut mich einen Augenblick ohne Regung an, dann meint sie: »Du siehst mich hier glatt sprachlos. Ich hätte dir nicht zugetraut, dass du an solch einem Ort entspannst. Aber wie es aussieht, scheinst du dich hier gut auszukennen.«

»Wie meinst du das? An so einem Ort?«

»Nun, so ein Ferienort, Party, Glückspiel, Wassersport.«

Ich lache. »So? Wo siehst du mich denn in deiner Fantasie entspannen?«

Die Getränke werden gebracht und ich lösche meinen Durst mit einem tiefen Schluck aus dem Wasserglas. Bevor Ava trinkt, antwortet sie: »In deinem Zimmer, vertieft in ein Buch über den Sinn des Lebens.«

Heimlich beobachte ich, wie ihre Lippen das Glas berühren, und ich wünsche mir, dass sie stattdessen meine so berühren würden. Sofort regt sich mein kleiner Freund, drängt fest gegen den Reißverschluss meiner Jeans und ich wünschte, ich könnte ihr zeigen, was sie mit mir macht. Doch ich unterdrücke diese Art Gedanken, ich will diese Nacht einfach nur genießen.

Das Essen ist wirklich eine Wucht und hier mit Ava zu sitzen, den Kopf freizubekommen, tut nicht nur mir gut. Auch Ava wirkt unverhofft ganz gelöst, so, als hätte ich ihr eine unsichtbare Last von den Schultern genommen.

Nach dem Essen steuern wir auf die Fahrstühle zu, doch irgendwie ist mir noch nicht danach, ins Zimmer zu verschwinden.

»Möchtest du vielleicht noch kurz an den Strand gehen? Es ist zwar dunkel, aber manchmal gibt es dort ein Lagerfeuer für die Gäste.«

»Um diese Uhrzeit?«, fragt Ava und ich schaue auf meine Uhr. Es ist weit nach Mitternacht.

»Komm, nur fünf Minuten.«

Sie kann mir einfach nicht widerstehen. Ich nehme ihre Hand und ziehe sie zum Ausgang, der zum Strand führt.

»Wir waren noch nicht einmal auf unserem Zimmer«, mault sie, gibt aber doch nach und läuft mit mir den Strand hinunter zum Meer.

Der Horizont liegt dunkel vor uns, die Wellen rollen mit weißer Gischt zu unseren Füßen aus.

Ava zieht ihre Schuhe aus, krempelt die Jeans auf und läuft ein wenig ins Wasser.

»Es ist total warm«, kreischt sie überrascht. »Zieh die Schuhe aus und komm rein!« Sie wedelt aufgeregt mit den Armen. »Na, komm, du Angsthase. Es wird schon kein Wassermonster aus den Fluten steigen.«

»Nein«, lache ich, »das Wassermonster steht bereits vor mir!« Ich streife meine Schuhe ab, kremple ebenfalls die Hose bis zu den Knien auf.

»Oh, du ... du Scheusal!« Ava schleudert mit den Füßen Wasser in meine Richtung, spritzt mich nass.

»Warte, das wirst du mir büßen!« Ich flitze hinter ihr her, aber im Wasser komme ich nicht so schnell voran. Sie rennt ein Stück den Strand entlang, aber sie ist schneller als ich, sodass ich sie nicht einholen kann. Irgendwann bleibe ich stehen und muss mich auf den Knien abstützen, damit ich wieder Luft bekomme.

»Okay, du hast gewonnen!«, rufe ich ihr zu und winke. »Komm, lass uns ins Hotel gehen.«

Ava kommt lachend zurück. »Du bist in schlechter Verfassung Jaden Harry Styles. Lass das mal nicht deinen Vater sehen.«

»Verrate es ihm bloß nicht, sonst spannt er mich direkt im Frühjahr für das Tenniscamp ein.«

8. Kapitel

Die Penthouse-Suite ist ein Traum in Blau und Pink. Es gibt zwei Schlafzimmer und ich weiß nicht, ob ich erleichtert sein oder mich darüber ärgern soll.

Unser Gepäck wurde bereits hinaufgebracht, die Betten sind aufgeschlagen. Ich betrete mein dunkles Schlafzimmer und öffne die Schiebetür zur Terrasse. Die Luft riecht salzig und ich höre die Brandung rauschen. Ich fühle mich wie in einer anderen Welt. Jaden hat es geschafft, mich aus meinem Tief herauszureißen. Am liebsten würde ich mich direkt an meinen Laptop setzen, um meine Eindrücke in Worte zu fassen, aber ich habe ihn nicht mitgenommen, und das ist gut so.

Neben mir öffnet sich eine Schiebetür und Jaden tritt auf den Balkon. Ohne ein Wort zu sagen, lehnt er sich an das Geländer und folgt meinem Blick.

»Es ist wirklich wundervoll hier. Danke, dass du es mir gezeigt hast. Ich glaube, genau das brauchte ich. Ich war am Ende des Tunnels angelangt, an dem es allerdings keinen Ausweg für mich gab, den hatte ich zugemauert. Jetzt schein allerdings ein wenig Licht ins Dunkel zu dringen. Ich weiß gar nicht, wie ich das wiedergutmachen kann.«

Nachdenklich schaut Jaden mich an, berührt meine Wange mit dem Daumen. Fast gegen meinen Willen schmiege ich mein Gesicht in seine Hand.

»Lass den Unsinn. Wenn hier schon einer dem anderen dankbar sein muss, dann ich dir. Du hast mir blind vertraut und bist mir gefolgt. Ich freue mich, dass ich dies hier nun mit dir teilen kann.«

Jadens Stimme ist so ruhig und entspannt. Leise karibische Klänge dringen vom Pool zu uns herauf. Obwohl es mittlerweile nach zwei Uhr nachts sein muss, bin ich gar nicht müde. Eine leichte Brise weht mir durchs Haar und Jaden zieht mich an sich, vergräbt sein Gesicht darin. Er ist mir so nah, nicht nur körperlich. Die Ruhe, die uns umgibt, scheinen wir beide zu genießen.

»Erinnerst du dich noch an unseren ersten Tanz?«

Ich muss grinsen. »Der Lambada Abend. Ja, sehr genau sogar. Ich hielt dich für einen eingebildeten Arsch, der keine Ahnung hat, worauf er sich einlässt, doch du hast mich eines Besseren belehrt. Ich war begeistert, wie toll du tanzen konntest und ahnte nicht, dass du einen Tanzkurs in Spanien belegt hattest.«

»Und ich hielt dich für das schönste Mädchen, was mir je über den Weg gelaufen ist.«

»Das scheint sich ja mittlerweile geändert haben«, meine ich fast ein wenig traurig.

»Ja, meine Meinung hat sich geändert. Ich halte dich mittlerweile für die schönste Frau, die mir je über den Weg gelaufen ist.«

Mit Komplimenten kann ich gar nicht gut umgehen, zum Glück ist es dunkel, sodass Jaden meine roten Wangen nicht sieht, mein Gesicht fühlt sich jedenfalls ganz heiß an.

»Tanz mit mir«, flüstere ich an seinem Ohr.

Ohne lange zu zögern, bewegt sich Jaden mit mir zu den karibischen Klängen. Er hat selbst nach zwölf Jahren sein Körpergefühl nicht verloren. Er führt mich auf eine sehr aufreizende Art, ohne dominant zu wirken. Meine Hände wandern zu seinen Hüften, ich halte mich dort fest, um mich seiner Führung besser hingeben zu können, vielleicht auch, um ihn näher an mich zu ziehen. Er atmet tief aus, es scheint, als würde meine Nähe ihn viel Kraft kosten.

Wie zu einer Person verschmolzen, tanzen wir im Mondlicht, unsere Silhouette spiegelt sich in der Scheibe der Terrassentür.

»Ich habe es sehr vermisst, dich so im Arm zu halten, Ava. Versprich mir, dass du dich nicht wieder vor mir verschließt.«

Ich denke einen Augenblick über seine Bitte nach.

»Bitte, versprich es mir.« Er hält inne, um mir ins Gesicht zu schauen. Er meint es ernst, das sehe ich in seinen Augen.

»Ja, ich verspreche es dir«, flüstere ich und kann mich nicht von seinem Blick lösen.

»Darf ich dich küssen?«, fragt er und berührt zart meine Wange.

»Ja«, hauche ich und schließe die Augen, recke mich ihm entgegen.

Seine Lippen berühren meine Wange und er zieht eine Spur von kleinen Küssen zu meinen Lippen.

»Gute Nacht«, raunt er mir in Ohr.

Als ich die Augen öffne, ist er verschwunden, als hätte die Dunkelheit ihn verschluckt.

* * *

Die Nacht ist viel zu kurz, ich bin erst eingeschlafen, als die Sonne schon langsam wieder am Horizont ihren Platz erkämpfte. Nun steht sie hoch am Himmel und strahlt, ganz im Gegenteil zu mir. Mein Schädel dröhnt und der helle Sonnenschein bereitet mir Kopfschmerzen. Kein guter Anfang. Ich habe von Jadens Küssen geträumt, die mir immer noch im Kopf herumschwirren.

Es klopft an der Zimmertür und Jaden linst um die Ecke.

»Hey, aufstehen, Schlafmütze! Die Sonne lacht, lass uns frühstücken. Ich habe auf der Terrasse für uns decken lassen.«

»Mann, Jaden. Hast du 'ne Meise? Ich bin noch total müde, warum lässt du mich nicht ausschlafen?«

»Weil wir nur diesen einen Tag haben und morgen wieder nach Hause fliegen. Ich möchte mit dir zum Strand runter. Also beweg deinen hübschen Hintern aus dem Bett.«

Jaden steht an meiner Bettdecke und sieht dabei zum Küssen aus. Wie kann man am frühen Morgen schon so fit und gut aussehend sein? Mühsam setze ich mich auf und streiche mein wirres Haar aus dem Gesicht.

»Ich komme ja schon«, murre ich und schwinge meine Beine aus dem Bett. Ich kann kaum alleine aufstehen und Jaden springt auf mich zu, damit ich nicht umfalle.

»Hey, Butterfly, ganz langsam. Komm raus auf die Terrasse, du brauchst einen Kaffee und ein anständiges Frühstück. Danach gehen wir einen Bikini kaufen.«

* * *

Die Umkleidekabine im Shop des Hotels ist wirklich sehr eng, zumindest für zwei Personen, muss ich feststellen. Ich habe mir zwei Bikinis ausgesucht und weiß jetzt nicht, wie ich mich rühren soll. Warum Jaden sich unbedingt mit hineinquetschen musste, ist mir ein Rätsel.

»Wieso kannst du nicht draußen warten, wie jeder andere Mann auch?«, frage ich genervt und verdrehe die Augen.

»Weil ich wissen will, welcher der beiden Bikinis dir besser steht.«

»Wenn du nicht Ruhe gibst, kaufe ich einen Sportbadeanzug.«

Abwehrend hebt er die Hände. »Ist ja schon gut, ich bin ganz ruhig.«

»Kommen Sie klar?«, höre ich die Stimme der Verkäuferin hinter der Tür.

»Ja, danke, ich bin gleich fertig!« Auf keinen Fall darf sie die Tür öffnen und Jaden entdecken.

Schnell ziehe ich mein Shirt aus und will das

Bikini-Oberteil über meinen BH streifen, als Jaden mich aufhält.

»Du solltest das Teil richtig anprobieren«, sagt er bestimmt.

»Du glaubst doch nicht, dass ich mich hier ganz ausziehe!«, zische ich leise.

»Doch, das habe ich eigentlich gedacht, deshalb bin ich ja mit in die Kabine. Was ist, wenn er nicht richtig sitzt?« Er grinst frivol und streckt die Hände aus, um den Verschluss meines BHs zu lösen.

Als er mich davon befreit hat, berührt er meine Brustwarzen federleicht, was mich so erregt, dass sie sich sofort aufrichten. Ich schließe die Augen, konzentriere mich ganz auf diese Berührung, die so viele Erinnerungen in mir hervorruft. Ein kleiner Laut rutscht mir über die Lippen, aber nur ganz leise, damit niemand etwas hören kann.

»Gefällt er dir?«, fragt Jaden ebenso leise, und stellt sich hinter mich, umfasst meinen Busen mit beiden Händen und streichelt ihn zärtlich. »Mir gefällt es sehr, dich so zu berühren«, flüstert er heiser. »Es erregt mich. Spürst du es?«

Er drängt sein Becken gegen mich und ich spüre sehr genau, was er meint. Ich öffne die Augen, schaue im Spiegel in sein Gesicht, sehe die Gier in seinen Augen.

»Ich will dich so sehr, Ava. Du gehörst mir, schon immer, daran wird sich auch in Zukunft nichts ändern. Und du willst mich genauso. Sag mir, dass du ebenso wie ich daran glaubst, dass wir füreinander bestimmt sind.«

Mit geschlossenen Augen lasse ich meinen Kopf an seine Schulter fallen, genieße seine Zärtlichkeit. »Ja, Jaden, das sind wir.«

»Das wollte ich von dir hören, schon so lange.« Er küsst meinen Hals, saugt sich regelrecht daran fest.

»O Gott, hör bitte nicht auf.« Ich spreche ganz leise, habe Angst, dass die Verkäuferin uns jeden Moment entdecken wird.

Jaden presst mich inzwischen fest an sich, ich reibe mich an ihm, während er seine Hose mit einer Hand öffnet. Ich trage nur einen dünnen weiten Rock, den er einfach hochschiebt. Hart spüre ich seine Erektion, die sich an mich drängt, als Jaden mit den Fingerspitzen meinen String mühelos zur Seite zieht.

»Ich muss jetzt in dir sein, sonst drehe ich noch durch.« Er presst seine Worte mit zusammengebissenen Zähnen hervor.

»Mach schnell!«, flüstere ich.

»Ich habe kein Gummi dabei«, informiert er mich, doch ich fühle, wie er sich schon in mich schiebt. Langsam, aber bestimmt.

»Das ist ja wohl jetzt egal«, raune ich ihm zu, stütze mich an der Wand vor mir ab, um die Kraft seiner Stöße abzufangen. Ich wünschte, wir hätten alle Zeit der Welt, doch ich höre Stimmen draußen vor der Kabine. Trotzdem bewege ich mich schneller, will seine Lust steigern.

»Ja, Baby, so ist es gut«, stöhnt Jaden leise und ich kann nur hoffen, dass niemand da draußen auf uns achtet.

»Du fühlst dich wundervoll an, wie Seide. O Gott, du bringst mich um, ich komme schon.« Er flüstert, doch in meinen Ohren klingen seine Worte wie ein lauter Schrei. Er presst die Lippen zusammen, damit kein Laut herausdringen kann. Ich spüre, wie er sich warm in mir ergießt. Leise seufze ich, auch wenn ich nicht komme, dafür bin ich einfach zu angespannt.

»O Gott, Butterfly, ich verspreche dir, dass du heute Abend so oft kommen wirst, bist du um Gnade flehst.«

»Wie gefallen Ihnen die Bikinis?« Das laute Klopfen an der Tür erschreckt mich beinahe zu Tode.

Hastig schließt Jaden seine Hose und zieht meinen Rock wieder hinunter. Ich ziehe flink meinen BH über, zum Schluss mein Shirt.

Jaden öffnet die Kabinentür und nimmt beide Bikinis, drückt sie der Verkäuferin in die Hand.

»Haben super gepasst, wir nehmen beide!«

9. Kapitel

Sie ist die einzige Frau, die mich je so um den Verstand bringen konnte wie eben. Sex in der Umkleidekabine, wer hätte gedacht, dass Ava dazu bereit ist?

Wir liegen am Strand unter einem Sonnenschirm und ich beobachte sie heimlich. Sie liegt neben mir und liest in einem Buch, das sie mitgebracht hat. Ich weiß nicht, wann ich sie das letzte Mal so entspannt erlebt habe. Unser Kind ist in guten Händen, ihr Laptop ist nicht mitgereist und kann sie nicht ständig daran erinnern, dass sie nicht schreiben kann, und sie atmet ruhig. Hin und wieder gleitet sogar ein Lächeln über ihr Gesicht, es scheint, als würde ihr die Lektüre Vergnügen bereiten.

Das Tattoo auf ihren Hüften macht mich mächtig an und ich muss aufpassen, dass mich meine Gefühle nicht wieder übermannen, ich sie über meine Schulter werfe und in die Suite schleppe. Der Gedanke an stundenlangen heißen Sex mit Ava lässt meinen Puls rasen. Ich brauche dringend eine Abkühlung.

Wir liegen am Ende des weitläufigen Strandes, hier ist keine Menschenseele zu sehen, wir sind allein. Vielleicht könnten wir jetzt dort weitermachen, wo wir in der Umkleidekabine aufgehört haben. Oder wir könnten ins Meer gehen und uns ein wenig in den warmen Wellen miteinander vergnügen.

»Du sollst aufhören, mich immer so anzüglich anzustarren, Jaden Styles!«

Erschrocken fahre ich aus meinen Gedanken auf. »Ich starre gar nicht. Was kann ich dafür, dass du meine Blicke magisch anziehst? Los, bewege deinen Luxuskörper in diesem Luxusbikini und lass uns ins Wasser gehen.«

Sie wedelt mit der Hand, um ein kleines Tier zu vertreiben, das sich auf ihrem Bein niedergelassen hat. »Nein, ich bleibe hier. Ich stehe nicht so auf Salzwasser oberhalb der Knie.«

»Na, komm schon. Es gibt viele unanständige Dinge, die wir im Meer treiben können.«

Sie schüttelt den Kopf. »Nein, später vielleicht. Geh schon mal vor, ich komme eventuell nach.«

»Ava, hier ist niemand, der uns sehen könnte. Komm, lass uns zusammen ins Wasser gehen.« Ich bettele fast, doch sie gibt nicht nach.

»Nein, geh du. Wir sehen uns später.«

Ich gebe auf. Wenn Ava sich etwas in den Kopf gesetzt hat, kann man sie nicht davon abbringen, so gut kenne ich sie.

»Gut, wenn du nicht in zehn Minuten nachkommst, werde ich dich holen.«

»Ist das eine Drohung?«, fragt sie mit einem koketten Augenaufschlag.

»Nein, ein Versprechen.«

* * *

Das Wasser ist überraschend warm. Ich wate tiefer hinein, lasse meine Beine umspülen. Das glasklare Nass ist perfekt, immer weiter laufe ich hinein, sehe sogar einige kleine Fische. Obwohl nur wenig Wind weht, bedarf es einiger Kraft, gegen die Wellen anzuschwimmen. Aber es macht Spaß, ich habe das Gefühl, als sei ich schwerelos, wenn mein Körper von ihnen in die Höhe getragen wird. Mit kräftigen Zügen schwimme ich dem offenen Meer entgegen.

Je weiter ich hinaustreibe, umso kälter wird das Wasser. Es gibt mir ein Gefühl der Freiheit, hier draußen so einsam herumzuschwimmen. Nur das nasse Blau und ich. Es macht den Kopf frei. Ich halte inne und schwimme auf der Stelle, dann lege ich mich auf den Rücken und lasse mich ein wenig treiben, schaue in den makellos blauen Himmel. Ein Flugzeug zieht einen Dunstschweif hinter sich her. Wunderbar, am liebsten würde ich dem Flieger schwimmend folgen, einfach nur, weil ich mich so glücklich fühle.

Ob die zehn Minuten um sind, die ich Ava gewährt habe? Vermutlich. Ich sehe zum Strand und muss feststellen, dass ich mich ziemlich weit davon entfernt habe. Ich sollte zurückkehren, denn allmählich ermüde ich doch.

Mit langen Zügen schwimme ich wieder Richtung Ava. Zwar kann ich sie nicht sehen, weil ich einfach zu weit weg bin, aber vielleicht kommt sie mir ja entgegen. Als ich plötzlich einen stechenden Schmerz in meiner Wade spüre, muss ich einen Moment nach Luft schnappen. Verdammt, ein Krampf!

Wie im Reflex drehe ich mich auf den Rücken, winkele das Bein an und greife fest unter die Ferse, doch der Krampf wird schlimmer. Ich könnte schreien, so schmerzt es, und als ich spüre, wie ich untergehe, lasse ich das krampfende Bein los und versuche, zu schwimmen. Es geht nicht!

Ich brauche unbedingt festen Grund, damit ich meinen Fuß dagegenstemmen kann, doch ich bin noch weit davon entfernt, Sand unter meinen

Füßen zu spüren. O Gott! Ich kann mich kaum an der Oberfläche halten!

Der Krampf ist so überwältigend, dass ich irgendwann die Orientierung verliere. Immer wieder gerät mein Kopf unter Wasser und ich schlucke das salzige Element. Der Schmerz ist so stark, dass mir nichts anderes einfällt, als laut zu schreien.

»Hilfe! Ava! Ich habe einen Krampf! Hilfe! Hört mich jemand? Ich brauche dringend Hilfe!«

Ich wedele mit den Händen, zwischendurch gehe ich immer wieder unter. Doch ich will nicht aufgeben. Mit schwindender Kraft stoße ich mich immer wieder aus dem Wasser, um Luft zu holen. Doch ich spüre, wie meine Kräfte nachlassen. Immer häufiger gehe ich unter, ich schlucke so viel Salzwasser, dass ich kaum atmen kann. Das darf doch nicht wahr sein! Was läuft denn hier nur gerade für ein Film?!

»Hilfe! Ava!«

Mein Gott, wieso hört sie mich nicht?

Ich spüre, wie ich in Panik gerate. Ich will nicht ertrinken!

»Ava!«

Mein Stimme bricht, sie hört mich nicht, wie sollte sie auch? Es ist so schwer, sich nicht fallenzulassen! Aber mein Gewicht zieht mich nach unten und der Schmerz in meinem Bein raubt mir den Verstand. Längst weiß ich nicht mehr, wo der Strand ist.

Kurz bevor mir endgültig schwarz wird vor Augen, durchzuckt mich ein letzter Gedanke: Ich lasse Ava im Stich!

10. Kapitel

Das Buch, das ich mit an den Strand genommen habe, ist doch nicht so prickelnd, wie ich anfangs dachte, und ich beginne, mich zu langweilen. Vielleicht hätte ich doch mit Jaden schwimmen gehen sollen. Das Wasser sieht verlockend aus, ich sollte wirklich zu Jaden, das wird meine Stimmung sicherlich wieder heben.

Was wir vorhin in der Umkleide getrieben haben, will mir einfach nicht aus dem Kopf. Nie hätte ich gedacht, dass ich zu so etwas fähig wäre. Immerhin bin ich kein Teenager mehr. Die Wucht, mit der Jaden mich mitgerissen hat, war berauschend. Er besitzt so viel Macht über mich, dass ich keinen eigenen Willen mehr habe, sobald er mich berührt.

Eine Nacht bleibt uns noch, bevor unser Leben in New Haven weitergeht. Dieser Trip ist wie eine Reise in eine andere Galaxis, doch der Planet Erde mit all seinen Problemen wartet nur wenige Flugstunden entfernt auf uns. Er ruft uns zurück.

Bei dem Wort ruft werde ich hellhörig. Habe ich da nicht gerade Jadens Stimme gehört? Oder war es nur Einbildung, ein Produkt meiner Fantasie?

Ich erhebe mich von meinem Liegestuhl und gehe langsam zum Meer hinunter, lasse die Gischt meine Füße umspielen. Das Wasser ist angenehm frisch, aber nicht kalt.

»Hilfe!«

Der Ruf dringt deutlich an mein Ohr, ich kann mich nicht verhört haben. Das ist Jadens Stimme! Doch er ist nirgendwo am Strand zu sehen. Auch im Wasser ist nichts zu erkennen. Verflucht, wo hat er sich denn versteckt? Will er mich ärgern?

»Hilfe!«

Ich schütze meine Augen vor dem grellen Licht der Sonne, die hoch am Himmel steht, und schaue auf das Meer hinaus.

Da! Ganz hinten Richtung Horizont sehe ich einen Arm, der bei jeder Welle an der Oberfläche auftaucht. Es ist Jaden, da bin ich mir sicher. Ab und an schießt sein dunkles Haar aus den Fluten hervor und ich meine, seine schwarzen Tattoos zu erkennen.

Er will mich bestimmt verarschen. Tut so, als würde er ertrinken. Ich stoße ein lautes Lachen aus. Nein, mein Freund! So einfach falle ich nicht auf dich herein.

»Ava!« Nur ganz leise dringt sein Ruf an mein Ohr, dann versinkt er erneut in den Fluten. Er ist zwar ganz schön weit draußen, doch ich höre ihn und sehe ihn immer wieder untertauchen.

Es dauert eine Sekunde, bis ich die Lage doch als bedrohlich einstufe. Gott, Jaden braucht wahrhaftig Hilfe!

Mit schnellen Schritten laufe ich ins Wasser. Sobald es tiefer wird, stürze ich mich Kopf über hinein und schwimme mit kräftigen Zügen Richtung Jaden. Ab und an muss ich den Kurs korrigieren. Es dauert, bis ich bei ihm bin, doch Jaden ist nicht mehr an der Stelle, wo ich ihn vermute. Verflucht, wo ist er hin? Hat er mich doch verarscht?

Doch dann sehe ich seine Hand auftauchen, sein Kopf schafft es nicht mehr an die Oberfläche. Das kann er unmöglich spielen! Er ist in Gefahr!

Ich schwimme auf ihn zu und bekomme seine Hand zu fassen, doch sie entgleitet mir wieder. Ich tauche unter. Da, keine zehn Meter von mir entfernt, treibt er!

Zügig schwimme ich auf ihn zu. Ich greife ihm unter die Arme und versuche, seinen Kopf über den Wasserspiegel zu hieven. Beim zweiten Anlauf klappt es. In der Schule habe ich einen

Kurs als Rettungsschwimmerin belegt. Auch wenn es schon fast zwanzig Jahre her ist, bin ich mir der Griffe noch bewusst. Ich bringe ihn in Rückenlage, fasse unter seine Achseln und schwimme Richtung Strand. Zum Glück ist Jaden im Wasser längst nicht so schwer wie an Land. Ein bisschen muss ich uns treiben lassen, weil meine Kraft auch dem Ende zugeht, doch mein Wille ist stark, weckt Kräfte in mir, derer ich mir vorher nicht bewusst war. Jaden scheint bewusstlos, er regt sich nicht, lässt sich wie eine leblose Puppe mitziehen.

Der Weg zum Strand kommt mir unendlich vor, doch irgendwann spüre ich Sand unter meinen Füßen. Mein Gott, ich habe es geschafft!

Doch die Freude währt nur kurz. Mit letzter Kraft ziehe ich seinen jetzt schweren Körper aus dem Wasser, hinauf auf den trockenen Sand. Ich prüfe seinen Puls und Atmung. Nichts. Ich beginne mit der Herzmassage und einer Mund zu Mund Beatmung.

»Na komm schon!«, rufe ich wütend. »Du wirst mich doch jetzt nicht allein lassen!«

Ich setze meine ganze Kraft ein. Einundzwanzig - zweiundzwanzig - dreiundzwanzig ...

»Bitte, Jaden! Das darf nicht passieren, lass mich nicht allein, ich kann dich nicht auch noch verlieren ... ich liebe dich doch ... komm zurück zu mir!«

Wirre Sätze kommen mir über die Lippen, ich würde alles versprechen, wenn nur Jaden endlich wieder atmet.

Immer wieder presse ich meine Hände auf seinen Brustkorb, puste ich Luft in seine Lungen. Zwischendurch schaue ich mich hektisch um, aber niemand ist in unserer Nähe, dafür liegen wir einfach zu abseits.

Von einer Sekunde zur anderen kommt plötzlich Leben in Jaden. Er würgt, dann spuckt er Meerwasser aus, hustet und holt tief Luft, verschluckt sich und speit erneut Meerwasser. Er dreht sich auf den Bauch, kommt auf die Knie und lässt den Kopf hängen, weil immer wieder Wasser aus seinen Lungen und seinem Magen strömt.

»Wie ... kommst du ... auf ... auf den ... Gedanken, dass ich dich ... verlassen könnte?«, fragt er keuchend, während er hustet und würgt.

»Verflucht, Jaden! Ich hatte solche Angst, dich zu verlieren!« Weinend falle ich ihm um den Hals, denn ich kann mein Glück gar nicht fassen. Er atmet und lebt! Ich weine aus vollem Hals. Dicke Tränen laufen mir über die Wangen, meine Angst ihn zu verlieren war so groß, dass die Erleichterung zu viel für meine angespannten Nerven ist.

»Bist du wahnsinnig, soweit hinauszuschwimmen?«, schluchze ich. »Dich kann man wirklich nicht allein lassen.«

Wir fallen in den Sand zurück. Ich kann gar nicht sagen, wie glücklich ich bin, und es ist mir auch egal, dass ich heulend neben Jaden liege.

»Wir müssen ins Krankenhaus, du musst dich untersuchen lassen!«

»Nein, mir geht es gut, alles okay. Das ist wirklich nicht nötig.«

Schweigend liegen wir im Sand und atmen schwer.

»Ich hab das gehört«, flüstert Jaden an meinem Haar und versucht immer noch, regelmäßig Luft zu holen.

»Was hast du gehört?«

»Sag es noch mal. Ich will es noch mal hören.«

Ich weiß genau, worauf er anspielt.

»Das war ein Anflug von geistiger Umnachtung.«

»Du lügst.«

Er hustet, doch mittlerweile hat er wieder genug Kraft, mich in seine Arme zu ziehen.

»Sag es!«

»Du bist verrückt!«

»Sag es«, flüstert er.

»Ich liebe dich.« Die Worte kommen leise über meine Lippen und dann küsse ich Jaden. Zart und kurz, um ihm nicht die Luft zu nehmen. Doch Jaden kümmert es nicht, das Atmen ist ihm scheißegal. Er zieht mich ganz nah zu sich heran und küsst mich erbarmungslos. Dass er dazu fähig ist, nachdem er gerade fast ertrunken wäre, macht mich sprach- und willenlos. Kurze Zeit später muss er doch wieder husten, er schüttelt sich vor Kälte.

»Wir sollten dich auf unser Zimmer bringen, Jaden. Du musst unter die warme Dusch und dann ins Bett.«

»Aber nicht ohne dich.«

Das kommentiere ich nicht, als ich ihm auf die Beine helfe.

11. Kapitel

Während Jaden unter der Dusche steht, telefoniere ich mit Mom. Ich muss unbedingt wissen, wie es Jace geht, weil ich ein ungutes Gefühl habe, doch die Lage ist unverändert.

Einerseits bin ich beruhigt, andererseits hätte eine gute Nachricht mir gerade jetzt so gut getan. Ich erzähle kurz, wo wir sind und wie schön es auf den Bahamas ist.

»Was ist los, Ava, du klingst so komisch?«, fragt Mom und ich kann nicht anders. »Jaden ist vorhin beinahe ertrunken«, stoße ich atemlos hervor.

»O Gott, wie konnte das nur passieren? Er ist doch so ein guter Schwimmer!« Mom hört sich besorgt an, doch sie behält den Überblick, wird nicht hysterisch.

»Er hat einen Krampf im Bein bekommen und war zu weit hinausgeschwommen. Mom, was hätte ich nur getan, wenn ich ihn verloren hätte?« Ich schildere atemlos, was genau geschehen ist.

Die Stille am anderen Ende überrascht mich. Mom versucht nicht, mich zu beruhigen, sondern wartet darauf, dass ich weiterspreche.

»Ich liebe ihn.« Das ist das Einzige, was mir noch einfällt.

»Ja, mein Kind, ich weiß, und das ist auch gut so. Wie geht es ihm jetzt?«

»Er duscht gerade und dann wird er etwas schlafen. Ich wollte ihn ins Krankenhaus bringen, doch das will er nicht. Es scheint ihm auch wieder gut zu gehen.«

»Dann kümmere dich um ihn. Und Ava ... alles wird wieder gut.«

»Ja, Mom, das wird es.« Wie gerne würde ich meiner Mutter glauben.

* * *

Müde schleppt sich Jaden aus der Dusche zu seinem Bett. Er legt sich hin und ich ziehe ihm das Laken über den Körper. Es ist zwar warm und er trägt eine dünne Pyjamahose, doch sein Körper war ziemlich ausgekühlt, ich will kein Risiko eingehen.

»Ich finde immer noch, dass wir einen Arzt rufen sollten«, meine ich skeptisch, doch Jaden schüttelt den Kopf.

»Nein, es reicht, wenn du bei mir bist. Du bist das Einzige, was ich jetzt brauche. Bitte bleib bei mir.«

Ich denke gar nicht lange darüber nach, sondern schlüpfe unter die Decke und ziehe Jaden in meine Arme. Ich bedecke ihn halb mit meinem Körper, gebe ihm von meiner Wärme ab.

»Natürlich bleibe ich bei dir. Du hast ja bewiesen, dass man dich nicht allein lassen kann. Und jetzt sei ruhig und schlaf etwas.«

* * *

Das Zimmer liegt im Dunkeln, als ich meine Augen aufschlage. Ein Blick auf mein Handy zeigt, dass es halb neun Uhr abends ist. Jetzt spüre ich es wieder. Ein Streicheln an meinem Fuß hat mich geweckt und plötzlich spüre ich auch die beiden starken Arme, die mich umschlingen.

»Ich dachte schon, du würdest gar nicht mehr aufwachen. Schade, ich hatte gehofft, dass ich lebenserhaltende Maßnahmen ergreifen müsste.«

Seine Stimme, leise an meinem Ohr, weckt Begehren in mir.

»So? Woran genau hast du gedacht?«

»Hm, lass mich in Ruhe überlegen. Vielleicht daran!« Er streichelt meinen Bauch, irgendwie hat es seine Hand unter mein T-Shirt geschafft. »Dies wäre auch eine Alternative.« Seine Zunge fühlt den Puls an meiner Halsschlagader und leckt genüsslich über meine Haut.

»Eigentlich sollte ich mich um dich kümmern und nicht umgekehrt. Wie geht es dir, Jaden?«

»Hm, ich fühle mich wie im Himmel. Mir ist es nie besser gegangen. Ich habe die beste Pflege, die man sich wünschen kann.«

Er küsst meinen Nacken, geht zu meiner Schulter über, streichelt dabei meinen Bauch und fährt mit der Hand tiefer. Berührt meinen Venushügel, fährt meine Schamlippen entlang. Ich bin nass und spreize meine Beine, um ihm den Zugang zu erleichtern.

»Hmm«, kommt es leise über meine Lippen, es ist fast unerträglich. Seine Berührungen sind sanft und fordernd zugleich, ich lechze nach mehr und winde mich ihm entgegen.

»Du bist so schön, ich liebe deinen Körper«, raunt er mir zu und ich glaube ihm. Ich stelle nichts infrage, komme mir begehrt und geliebt vor.

Er beugt sich über mich, schaut mir in die Augen. »Ich liebe dich, Ava! Ich will dich, und zwar nicht nur jetzt, nicht, weil du mir das Leben gerettet hast, nicht, weil du die Mutter meines

Kindes bist, sondern weil du die Frau bist, an die ich Tag und Nacht denken muss. Ich will dich so sehr, dass ich dich immer noch heiraten will. Du hast bereits einmal Ja gesagt, aber ich frage dich erneut: Willst du meine Frau werden?«

Aufgeregt muss ich schlucken. »Du meinst das wirklich ernst, oder?«

Ohne den Blick von mir zu nehmen, nickt Jaden. »Ja, ja ich meine es ernst. Egal, was die Zukunft bringt. Ich kann mir ein Leben ohne dich nicht mehr vorstellen. Ich liebe dich und will ein Leben mit dir an meiner Seite, mit meinem Ring an deiner Hand. Also, was sagst du?«

»Eigentlich bin ich viel zu überwältigt, um irgendetwas sagen zu können«, meine ich atemlos, »doch da du dich damit ja nicht zufriedengeben wirst, würde ich sagen, ja, ich will dich heiraten.«

Jaden verändert unsere Lage. Sein Kuss würde mich aus den Socken hauen, wenn ich nicht schon unter ihm liegen würde. Ich spüre seine Männlichkeit an meinem Bauch wachsen.

»Ich will dich in mir, jetzt!«, stöhne ich leise und bewege aufreizend mein Becken, um ihn zu locken.

»Du bekommst mich, wie, wann und wo du möchtest.«

Mit einer zarten Bewegung dringt er in mich ein, stützt sich auf den Unterarmen ab, damit er nicht zu schwer auf mir liegt. Rhythmisch bewegt er sich, steigert seine Stöße, bis er ganz in mir versunken ist. Ich lege meine Beine um seine Hüften, um ihn noch tiefer in mir zu spüren, kralle meine Nägel in seinen Rücken, weil es nichts weiter gibt, an dem ich mich noch festhalten will, außer an Jaden. Ich will mich nicht zurücknehmen, seine Berührungen tun mir gut.

Ein Zittern läuft durch meinen Körper. »Ich brauche dich, ich brauche so unendlich mehr von dir«, flüstere ich und schließe die Augen.

Die Empfindungen sind um so vieles stärker, als ich ertragen kann. Es fühlt sich an, als würde ich mich komplett auflösen, als würde nichts von mir übrig bleiben, nicht einmal meine Seele, denn die schenke ich Jaden.

12. Kapitel

Ich halte die Frau, die ich liebe, in meinen Armen und bin glücklich. Sie hat mir im Grunde genommen zweimal das Leben gerettet. Nicht nur gestern, als sie mich aus dem Meer zog, sondern weil sie mich wirklich heiraten will. Ich könnte sofort aus dem Bett springen und Ava vor den Traualtar zerren.

Wir haben uns die halbe Nacht geliebt und trotzdem bin ich schon früh am Morgen wach. Meine Uhr zeigt gerade mal halb acht.

Ava bewegt sich in meinen Armen und schlägt ihre wunderschönen Augen auf.

»Guten Morgen, Butterfly. Was hast du heute vor?«, frage ich sie, als Ava mich ansieht.

»Ich denke, wir fliegen heute wieder nach Hause?«, antwortet sie und gähnt herzhaft.

»Ja, unser Flieger geht aber erst um sechszehn Uhr. Komm, lass uns packen und dann werden wir eine Heiratsgenehmigung beantragen.«

»Hier in Nassau? Du willst hier heiraten?«, fragt sie überrascht.

»Ja, je eher desto besser.«

»Aber können wir das überhaupt? Müssen wir nicht einen Bluttest nachweisen?« Ava setzt sich auf und schaut mich skeptisch an.

»Nein, das braucht man auf den Bahamas nicht. Wir müssen lediglich eine Genehmigung beantragen und uns trauen lassen. Die Apostille können wir uns per Post zuschicken lassen.«

Ava bekommt große Augen. »Du scheinst dich ja bestens auszukennen. Entweder wolltest du schon mal hier heiraten, oder ...«

»Oder ich habe die ganze Zeit vorgehabt, dir hier einen Antrag zu machen. Schau bitte in die Schublade deines Nachtschränkchens.«

Sie öffnet so vorsichtig die Schublade, als würde ein böser Clown herausspringen, dann entdeckt sie die kleine Schatulle und nimmt sie zögerlich heraus.

»Eigentlich hatte ich mir ein schönes Abendessen für uns beide vorgestellt, doch der Badeunfall hat meine Pläne ein wenig durcheinandergebracht. Los, öffne es schon, ich kann gar nicht abwarten, bis du ihn siehst.«

Ava klappt zögerlich den Deckel auf und starrt abwechselnd auf den Ring und dann wieder auf mich. Einen Augenblick ist sie wirklich sprachlos, und ich denke schon, der

Solitär gefällt ihr nicht, doch dann breitet sich ein Lächeln auf ihrem Gesicht aus.

»Er ist wunderschön. So schlicht und elegant. Er ist genau so, wie ich mir immer einen Ehering vorgestellt habe. Oh, Jaden ... er ist genau richtig!«

Sie fällt mir um den Hals und küsst mich stürmisch.

»Heißt das also, dass du mich gleich heiraten wirst?«

»Glaubst du wirklich, dass wir das hier so einfach können?«

»Wir sind länger als einen Tag auf der Insel, also können wir!«

* * *

Wir müssen mehr als eine Stunde warten, denn drei Paare sind vor uns an der Reihe. Alle warten geduldig in Straßenkleidung, bis sie an der Reihe sind. Genau wie wir. Ich habe Angst, dass Ava es sich in letzter Minute doch noch anders überlegt, aber sie strahlt unentwegt über das ganze Gesicht.

»Ich wünschte, Jace wäre hier«, murmelt sie plötzlich leise und ich nicke. »Ja, das wäre toll. Möchtest du lieber warten, bis er dabei sein kann?« Die Frage kommt mir nicht leicht über die Lippen, doch der Gedanke, Jace dabei zu haben, wenn Ava und ich uns das Ja-Wort geben, war mir vorher noch gar nicht gekommen.

13. Kapitel

Obwohl es schon Abend ist, will ich noch kurz bei Jace vorbeischauen. Wir haben einen der früheren Flüge genommen und ich bin froh, wieder in New York zu sein. Jaden steht im Aufzug neben mir und greift nach meiner Hand, drückt sie fest.

Ich klopfe an Jace' Zimmertür und öffne sie. Beim Eintreten ins Zimmer bleibe ich wie angewurzelt stehen: Das Bett ist weg.

Sofort legt sich eine eisige Klaue um mein Herz und drückt zu.

»O mein Gott.« Meine Stimme versagt fast, die Worte kommen nur als heiseres Flüstern über meine Lippen. Ich blicke zu Jaden, der ebenfalls starr auf den leeren Platz blickt. Dann sagt er: »Dort steht Irelands Handtasche.«

Abrupt drehe ich mich um und laufe los, um eine Schwester zu finden.

»Guten Abend, Miss Roach, schön, dass Sie wieder da sind.« Schwester Julie läuft mir entgegen und lächelt mich gütig an.

»Was ist mit Jace? Wo ist er?«, rufe ich atemlos.

Als auch noch Jaden hinter mir auftaucht, blickt sie verständnislos von einem zum anderen.

»Haben Sie es denn noch nicht gehört?«

14. Kapitel

»Was?«, fragen Ava und ich wie aus einem Mund.

»Jace ist heute Nachmittag aufgewacht. Er wurde vor ein paar Stunden zu einer ausführlichen Untersuchung abgeholt, müsste aber bald wieder hier auf der Station sein. Seine Großeltern begleiten ihn. Ah, da kommt er ja.«

Schwester Julie zeigt mit dem Finger auf die geöffnete Fahrstuhltür, wo gerade ein Krankenbett in unsere Richtung geschoben wird.

Ein dumpfes Stöhnen neben mir zieht meine Aufmerksamkeit auf Ava und ich fange sie im letzten Augenblick auf, bevor sie ohnmächtig zu Boden stürzt.

»Hey, Sugar Baby, was ist los? Es ist doch alles in Ordnung.«

Ich hebe sie auf meine Arme. »Schnell, haben Sie ein freies Bett für sie?« Aber Schwester Julie ist schon losgelaufen und winkt mich in Jace' Zimmer.

»Kommen Sie, legen Sie Miss Roach hier ab.«

In dem Raum gibt es ein zweites unbenutztes Bett, worauf ich Ava lege. Besorgt beuge ich mich über sie.

»Darf ich? Ich muss ihre Vitalfunktionen messen«, unsanft schiebt die Schwester mich zur Seite.

Sie prüft den Puls, und als sie Avas Pupillen kontrolliert, wacht sie plötzlich auf.

»Mein Gott, Ava! Hast du mir einen Schreck eingejagt!« Ich atme erleichtert aus.

»Hallo, mein Sohn«, ich spüre eine Hand auf meiner Hüfte und drehe mich um.

»Mom! Tut es gut, dich zu sehen!« Ich schließe Ireland in meine Arme und auch Harry drückt mich.

»Warum habt ihr uns nicht Bescheid gegeben, dass Jace wieder aufgewacht ist? Wie geht es ihm?« Ich schaue hektisch zu seinem Bett, das nun wieder an seinem Platz steht.

»Er ist heute Nachmittag einfach aufgewacht«, erklärt mir Mom und strahlt über das ganze Gesicht. »Ich habe versucht, euch telefonisch zu erreichen, doch keiner von euch ist an sein Handy gegangen.«

»Wir haben unseren Flug vorverlegt und hatten im Flieger unsere Telefone ausgeschaltet.«

Immer wieder schaue ich zu meinem Sohn, der friedlich in seinem Bett liegt und schläft.

Seine Gesichtsfarbe sieht gesund aus und er lächelt leicht im Schlaf.

»Mom!« Avas Stimme zieht unsere Aufmerksamkeit auf sich.

»Ava, Schatz! Was ist denn passiert?« Ireland tritt an ihr Bett und nimmt ihre Hand, streichelt sie zärtlich.

»Sie ist in Ohnmacht gefallen, als sie gehört hat, dass Jace aufgewacht ist«, erkläre ich mit knappen Worten.

»Oh, Kind, ist alles in Ordnung?«

Schwester Julie lächelt. »Ja, alles in bester Ordnung. Solch eine gute Nachricht kann einem schon mal den Boden unter den Füßen wegziehen, nicht wahr, Miss Roach?«

»Mrs Styles«, korrigiere ich Schwester Julie leise.

Sofort richten sich alle Blicke auf mich. Etwas unsicher schaue ich zu Ava, weil ich nicht weiß, ob es ihr recht ist, dass ich unser Geheimnis direkt ausgeplaudert habe und hier die Bombe platzen lasse. Doch sie lächelt mich an.

»Mrs Styles?«, fragt Harry verwirrt.

»Ja, Ava und ich haben heute Morgen in Nassau geheiratet.«

Ireland nimmt Avas Hand in ihre und schaut auf den Ehering. »Er ist wunderschön. Ich freue mich so für euch! Endlich hat zusammengefunden, was seit Jahren zusammengehört«, seufzt sie glücklich und strahlt Harry an.

In diesem Moment wird mir etwas klar. Sollten wir auch nur einen Moment lang so glücklich sein, wie unseren Eltern, kann mit Ava und mir nichts mehr schieflaufen.

Harry schlägt mir anerkennend auf die Schultern. »Das hast du gut gemacht, mein Sohn!«

»Wie geht es Jace? Was sagen die Ärzte?« Ava ist voller Ungeduld und schaut fragend zu Schwester Julie.

»Ich werde gleich den Arzt zu Ihnen schicken«, meint sie und lässt uns allein.

»Er ist ganz erschlagen von den Untersuchungen und ist sofort wieder eingeschlafen«, klärt uns Harry auf. »Er hat natürlich sofort nach dir gefragt, doch die Schwestern haben ihm erklärt, dass wir dich erst anrufen müssen. Er hat Ireland von einem Foto als seine Großmutter erkannt, was uns erstaunt hat. Er ist wirklich ein schlauer Kerl, mein Enkelsohn.«

Ava strahlt und nie habe ich sie mehr geliebt. Sie streckt die Hand nach mir aus und ich setze mich zur ihr aufs Bett.

»Wir sollten ihn schlafen lassen, auch wenn ich mir nichts mehr wünsche, als endlich wieder mit ihm zu sprechen.« Ava streicht ihr Haar aus dem Gesicht. »Danke, dass ihr die letzten Tage auf ihn aufgepasst habt.« Sie schließt Ireland und Harry in ihre Arme, und wenn ich nicht so ein harter Kerl wäre, würde ich vor Glück weinen.

15. Kapitel

Knapp zwei Monate später

Weihnachten! Wie ich früher dieses Fest gehasst habe. Wenn immer alle Familien am Weihnachtsmorgen ihre Geschenke ausgepackt haben und Jace und ich allein waren. Doch dieser Weihnachtsmorgen ist anders. Ganz anders.

Endlich hat auch der letzte Handwerker das Haus verlassen. Seit zwei Monaten Tag für Tag dieser Lärm und dieser Dreck! Das Zimmer, das ich mir ursprünglich als Schreibzimmer einrichten wollte, musste nun doch für Harry zum Büro umgebaut werden. Ich habe nicht gefragt, wieso im Club nicht genug Raum dafür ist, schließlich dürfen Mom und Harry selbst darüber bestimmen, was hier wie umgebaut wird.

Da ich nach wie vor eh keine Zeile zu Papier bringe, ist es vielleicht sogar besser, dass mich nun in diesem Haus nicht auch noch ein eigenes Schreibzimmer unentwegt an mein Versagen erinnert.

Der Gedanke ans Schreiben jagt mir wie so oft in den letzten Monaten einen Schauer über die

Arme. Es ist, als hätten mich die Ereignisse seit Jace' Unfall so viel Kraft gekostet, dass ich mich nur sehr langsam davon erholen kann. Dabei fühle ich mich gerade heute so glücklich, dass ich kaum weiß wohin mit meiner Freude.

Der Tag beginnt damit, dass ich in Jadens Armen aufwache. Ich hatte einen ganz merkwürdigen Traum. Ich war wieder achtzehn Jahre alt und sah mich mit Hope in der Mensa sitzen, als ein Typ mit einer Menge Tätowierungen an unseren Tisch trat. Das war der Augenblick, als ich Jaden zum ersten Mal sah.

Warum ich gerade heute Nacht davon träumen musste, ist mir unbegreiflich. Doch sein düsterer Blick hat mich selbst im Traum noch umgehauen.

Wir sitzen bei einem gemütlichen Frühstück in Moms und Harrys Haus. Nachdem Jace von dem Krankenhaus in eine Rehaklinik verlegt worden war, ging es ihm von Tag zu Tag besser, und die Ärzte halfen ihm, seine Muskulatur wieder aufzubauen.

Nun sitzt er ganz aufgeregt neben Jaden und kann es gar nicht abwarten, dass er endlich seine Geschenke auspacken darf. Doch wir warten noch auf Brooklyn. Er will uns besuchen, wurde aber zu einem Einsatz gerufen.

»Mann, warum darf ich denn nicht schon mal das Geschenk von Grandpa auspacken?«, mault Jace ungeduldig.

»Weil wir alle zusammen die Geschenke auspacken«, erklärt ihm Jaden mit einer Engelsgeduld, bereits zum fünften Mal.

Als es endlich an der Tür klingelt, ist Jace nicht mehr zu halten und stürmt los.

»Da bist du ja endlich, Brook! Wir warten schon! Jetzt können wir die Geschenke auspacken. Hast du einen Verbrecher gefangen?«

»Nein, wir haben doch Weihnachten, da habe ich einer netten Lady aus der Patsche geholfen.«

In diesem Augenblick gibt sein Handy einen Ton von sich.

»Oh, nein! Hoffentlich nicht schon wieder ein neuer Einsatz?«, stöhnt Jaden, doch Brook grinst breit.

»Ich denke eher, dass das die nette Lady ist«, meine ich grinsend.

Jace zieht Brooklyn an der Hand ins Wohnzimmer, wohin dieser ihm schwer bepackt mit Geschenken folgt.

»Wollen wir nicht erst einmal etwas essen?«, fragt Jaden mit einem schelmischen Seitenblick auf seinen zappeligen Sohn.

Ich ergreife für Jace, der schon aufstöhnt, Partei. »Lass uns lieber erst die Geschenke auspacken, sonst stirbt Jace noch vor Ungeduld. Von wem er das nur hat?«, frage ich kopfschüttelnd und schaue Jaden mit großen Augen an. Er zieht mich lachend in seine Arme und küsst mich.

Eigentlich hat Jaden recht, wir sollten erst essen, doch auch ich bin total aufgeregt, weil ich nicht abwarten kann, dass Jaden mein Geschenk auspackt.

Jace stürzt sich sofort auf das große Paket von Mom und Harry. Ungeduldig reißt er Schleife und Papier ab und zum Vorschein kommen ein Satz neuer Tennisschläger und eine ultracoole Tasche.

»Die sind für den Frühling, wenn die Saison wieder beginnt, mein Junge«, erklärt ihm Harry. »Dann werden wir beide zweimal in der Woche ganz allein trainieren. Was hältst du von der Idee?«

Jace macht große Augen und schaut abwartend zu Jaden und mir. Ich blicke Jaden fragend an.

»Na klar, mein Sohn! Wer hat schon so ein Glück, einen Tennisprofi als Großvater zu haben?«, lacht er.

»Oh danke, Dad! Und dir auch, Grandpa!«, ruft Jace und fällt Harry um den Hals.

Brooklyn steht neben Jaden und grinst ihn an.

»Was?«, fragt Jaden herausfordernd.
»Hast du gehört? Er hat dich Dad genannt!«

Jaden grinst, dann drückt er mir ein großes Paket in die Hand. »Dieses Geschenk ist von Jace und mir!«

Neugierig packe ich es Lage für Lage aus, aber immer, wenn ich glaube, ich hätte das Geschenk nun in der Hand, erwartet mich nur ein noch kleinerer Karton. Neben mir lächelt Jaden und meine Mom und Harry strahlen wissend.

»Mach schneller!«, ruft Jace aufgeregt.

Endlich ist es soweit und ich halte ein Schächtelchen in den Händen, das wirklich so klein ist, dass kaum noch ein Kleineres hineinpassen kann. Ich öffne es vorsichtig und hebe einen Schlüssel heraus. Fragend schaue ich in die Runde.

»Ich weiß, dass du meinst, du bräuchtest es nicht mehr, aber ich glaube trotzdem, dass dir ein eigener kreativer Rückzugsort gut stehen würde.«

Ich stehe zögerlich auf und bin selbst überrascht, dass mich so etwas wie Vorfreude durchflutet. Jaden glaubt so fest an mich, er reißt mich irgendwie mit.

Ich gehe zur Treppe und eile hinauf, stecke den Schlüssel ins Schloss und … er passt nicht.

Als ich mich umschaue, steht meine Familie am Fuß der Treppe und lächelt.

»Schau doch mal auf den kleinen Zettel in der Schachtel«, schlägt Jaden vor und ich knibbele ein zusammengefaltetes Stückchen Papier heraus, das mir vorher nicht aufgefallen ist und das mir nun vor Nervosität aus den Fingern gleitet und zu Boden schwebt. Ich bücke mich, hebe es auf und falte es auseinander.

Ich lese und schaue erschrocken hoch. Das ist eine Adresse direkt um die Ecke, nur wenige Laufminuten von Irelands und Harrys Haus.

»Das ist doch jetzt wohl nicht möglich!«, rufe ich erschrocken.

»Doch, das ist es«, sagt Jaden, der zu mir heraufgekommen ist und mich in die Arme nimmt. »Du kriegst dein Schreibzimmer, wie du es dir immer gewünscht hast. Und dazu gibt es ein Kinderzimmer für Jace, ein Schlafzimmer für uns, noch zwei Zimmer für Gäste oder was weiß ich, eine wunderbare Küche, einen Garten …«

Ich falle ihm um den Hals und gebe ihm einen Kuss, der ihn nach Luft schnappen lässt.

»Können wir hinfahren?«, ruft Jace vom Fuß der Treppe.

»Ich denke, du willst Geschenke auspacken!«, sagt Brook und wuschelt Jace durchs Haar. »Das

Haus läuft euch nicht weg, das könnt ihr euch morgen in Ruhe anschauen, einverstanden?«

Ich stehe noch immer sprachlos oben vor Harrys Büro, Jaden streichelt mir über den Rücken. Ich bin so glücklich wie schon lange nicht mehr, es ist fast so, als würden alle meine Träume allmählich in Erfüllung gehen.

»Kommt wieder runter«, ruft meine Mom, »das Essen wird nicht besser, wenn es zu lange köchelt!«

* * *

Nachdem alle Geschenke ausgepackt sind und das Chaos beseitigt ist, können wir endlich essen.

»Ich soll euch Frohe Weihnachten von Pierce wünschen. Er wäre gekommen, doch er macht mit seinem Freund eine Schiffsreise und ist erst Mitte Januar wieder in Florida«, verkünde ich in die Runde, als ich mein Handy checke.

»Wer ist Pierce?«, fragt Brooklyn.

»Pierce war mein Untermieter in Florida. Ich habe ihm das Haus verkauft, nachdem wir hier zu Mom und Dad gezogen sind«, kläre ich ihn auf.

Apropos Untermieter, da fällt mir ein, dass es jetzt an der Zeit ist, Jaden sein Weihnachtsgeschenk zu geben. Ich ziehe eine kleine Schachtel aus meiner Tasche und reiche sie ihm über den Tisch hinweg. »Frohe Weihnachten, Schatz.«

Verdutzt schaut Jaden auf das kleine rote Päckchen. »Aber du hast mir doch schon etwas geschenkt«, meint er irritiert.

»Ich finde nicht, dass man einen Winterpulli als tolles Geschenk bezeichnen kann. Der diente nur zur Ablenkung, damit ich dich hiermit überraschen konnte.«

Langsam packt er es aus und hebt den Deckel.

Mein Herz schlägt mir bis zum Hals, weil ich nicht weiß, wie er darauf reagieren wird. Auch finde ich, dass dies ein Geschenk ist, was man lieber unter vier Augen auspackt, doch da ich beim ersten Mal alles falsch gemacht habe, will ich nun auf Nummer sicher gehen.

Jadens Blick wandert von dem Inhalt zu meinem Gesicht und er strahlt. Mehr Antwort brauche ich nicht. Er freut sich.

»Wann?«, fragt er nur.

»Ende Juli!«, antworte ich.

»Die Umkleidekabine?«

»Genau die«, grinse ich und werde mal wieder rot.

»Hey, könnte uns mal jemand aufklären, was ihr beiden da treibt?«, fragt Brooklyn neugierig.

Jaden nimmt den Inhalt des Päckchens und hält es in die Höhe.

»Oh!«, meint Brook irritiert, »könnt ihr uns bitte mit Einzelheiten verschonen? Das sind einfach zu viele Informationen für einen Weihnachtsmorgen.«

»Das glaube ich nicht, mein Freund. Das Geschenk betrifft dich nämlich auch. Schließlich wirst du der Patenonkel«, meint Jaden und drückt ihm den Schwangerschaftstest, an dessen Ende ein Babyschnuller hängt, in die Hand.

»Oh, Ava!«, ruft Mom begeistert und ich sehe, wie Harry liebevoll ihre Hand drückt.

Jaden zieht mich in seine Arme. »Habe ich dir eigentlich schon gesagt, wie sehr ich dich liebe?«, fragt er an meinen Lippen und ich kann nur nicken.

»Ja, jeden Tag aufs Neue.«

»Hey, Jace, du wirst bald ein großer Bruder sein!«, meint Brooklyn und streicht ihm über den Kopf.

»Das ist okay«, meint Jace und futtert gemütlich seinen Nachtisch weiter, »aber ich werde nicht mein Zimmer mit ihm teilen. Oder meinen Tennisschläger.«

Wir lachen alle auf. »Keine Sorge, Jace, ich denke eher, dass du demnächst einen Puppenwagen schieben darfst!«, meine ich grinsend und küsse Jaden, der verdutzt den Kopf schüttet.

»Eine zweite Ava bändigen?«, sagt er und sieht theatralisch in die Runde. »Da werde ich alle Hilfe brauchen, die ich kriegen kann!«

Epilog

Ein Jahr später

Mich in Lebensgröße als Pappaufsteller neben dem kleinen Tisch zu entdecken, auf dem ein großer Packen Bücher von Rose Garden liegt, kommt mir irgendwie surreal vor. Vor einem Jahr hätte ich nie daran geglaubt, dass ich doch noch eines Tages hier in der Buchhandlung stehen und darauf warten würde, dass die Signierstunde endlich losgeht.

Mein Blick wandert zu Jaden hinauf, der neben mir steht und Baby Mia auf dem Arm hält.

»Du schaffst das schon!«, muntert er mich auf und ich lächle gequält. »Du schaffst das, wie du alles andere geschafft hast. Du hast Mia auf die Welt gebracht, dein Buch endlich fertiggeschrieben und einem Trottel wie mir die Augen geöffnet. Ganz zu schweigen davon, dass du es hinbekommen hast, mich vor den Altar zu zerren.« Er lächelt mir liebevoll zu, während er leise mit mir spricht und unsere zappelnde Tochter hält, die unbedingt zu Mama auf den Schoß möchte.

»Hey, das war deine Idee mit der kirchlichen Trauung!«, beschwere ich mich, dann entdecke ich das Funkeln in seinen Augen. Er will mich aufziehen und ich bin direkt darauf angesprungen, wie jedes Mal. Jetzt muss ich lachen.

Was wäre nur aus meinem Leben geworden, hätte ich Jaden nicht an meiner Seite gehabt? Ohne ihn hätte ich mein neues Buch nie schreiben können, und dass es ein Happy End hat, habe ich nur ihm zu verdanken. Er gab mir meine Kreativität zurück, die ich verloren glaubte, und er gab mir den Anstoß für die bewegende Geschichte eines Paares, das ebenso viele Umwege gehen musste wie wir beide.

»Du wirst sehen, die Leser werden es lieben«, versucht er, mir Mut zu machen, und ich nicke.

Als sich endlich die Türen der Buchhandlung öffnen, kommen die ersten Leserinnen zögerlich zu mir an den Tisch und lassen sich das erstandene Buch signieren. Mit der Zeit werden es immer mehr, bis sich eine lange Schlange bildet.

»Für den bestaussehendsten Detective von New Haven! Bitte!«

Ich schaue überrascht auf. »Brook! Was machst du denn hier?«, frage ich.

»Wenn meine Lieblingsautorin Rose Garden eine Signierstunde gibt, muss ich doch vorbeischauen, ob alles mit rechten Dingen zugeht. Ich nehme übrigens fünf.«

»Aber das sind Frauenbücher!«, rufe ich lachend.

»Dann verschenke ich sie an meine Freundinnen!«, grinst er und schaut verschmitzt zu Jaden.

»Entschuldigung, darf ich mal!«, tönt die laute Stimme einer Frau mittleren Alters und schon knallt sie mir eines meiner Bücher vor die Nase.

»Ich finde es eine Frechheit, dass Sie sich verstecken, als hätten Sie was zu verbergen, Mrs Garden. Und dass Sie uns Leser so lange auf ein neues Buch warten lassen. Sie können von Glück sagen, dass ich es jetzt noch kaufen will!«

Mir bleiben die Worte im Hals stecken. Aus dem Augenwinkel sehe ich, wie der Verlagsleiter, der soeben noch mit meiner Tochter schäkerte, alarmiert den Kopf hebt. Ich erkenne im selben Augenblick, wie sich Jadens Schultern straffen.

»Mom?«, fragt Jace verunsichert, der die ganze Zeit neben mir steht und die ehrenvolle Aufgabe übernommen hat, die signierten Bücher in Einkaufstüten zu legen. Ich schicke ihn mit einer Handbewegung zu seinem Vater.

Das ist der Moment, vor dem ich mich gefürchtet habe. Ich weiß nicht, was ich antworten soll, mein Mund ist plötzlich wie ausgetrocknet.

Mit einem Mal stürzen alle Ängste, die ich im letzten Jahr hatte, erneut auf mich ein. Ich wusste, dass ein anonymer Fan für große Unruhe hinter den Kulissen sorgte, und die Art, wie man alle Details von mir fernhielt, konnte mich kaum beruhigen.

Während ich noch nach den richtigen Worten suche und mich bemühe, nicht die Fassung zu verlieren, drückt Jaden die lachende Mia kurzerhand ihrem Patenonkel Brook in den Arm und baut sich vor der keifenden Lesern auf.

»Ich denke, Sie werden ohne das Buch meiner Frau auskommen müssen«, sagt er und sieht sich nach dem Leiter dieser Buchhandelsfiliale um, der bereits mit Riesenschritten auf uns zukommt. Das Gemurmel im Laden ist verstummt, alle Anwesenden scheinen darauf zu warten, dass die Situation eskaliert.

Tatsächlich ereifert sich die Kundin weiter. Ihr Gesicht wird rot, sie wirft wütende Blicke in die Runde.

»Was fällt Ihnen ein, Mr Garden, Sie sind ein Flegel!«, kreischt sie Jaden an und will nach ihrem Buch greifen, doch der Filialleiter ist schneller.

»Verlassen Sie bitte unser Lokal«, fordert er sie höflich aber bestimmt auf.

»Sie stecken doch alle unter einer Decke!«, ereifert sich die wütende Kundin. Dann hält sie einen Moment inne und bückt sich zu mir. Ihr Blick scheint ein wenig irre, ich weiche instinktiv zurück.

»Sie wollen es einfach nicht begreifen, oder?«, zischt sie und greift in ihre Jackentasche.

Man hat mir nie Details genannt, wieso man mich in den letzten Monaten so von meinen sogenannten Fans abschirmte, und irgendwann gab ich es auf, mir auszumalen, was eigentlich los war. Jetzt beginne ich zu ahnen, womit es der Verleger zu tun hatte, und mit ihm vermutlich auch Jaden und Brook, die auffallend viel telefonierten und immer ihre Gespräche unterbrachen, wenn ich in die Nähe kam.

Die Frau wühlt in ihrer Manteltasche und ich bin sicher, dass sie eine Waffe herausholen und mich erschießen wird. Erschrocken springe ich auf.

»Hier, halt mal deine Schwester, Jace, ich glaube, ich werde gebraucht«, höre ich Brooks tiefe ruhige Stimme, schon taucht auch er neben der Frau auf. Er hält ihren Arm fest, dabei lässt er seine Polizeimarke kurz aufblitzen

»Lassen Sie mich los!«, schimpft die Frau und reißt sich frei, dann zieht sie ihre Hand mit einem

Ruck aus der Manteltasche und drückt sich ein Papiertaschentuch ins Gesicht.

Ich bin genauso fassungslos wie Jaden, der gerade auf sie zu hechtet und im letzten Augenblick bremst.

Ohne sich um den Wirbel zu kümmern, den sie verursacht, schnäuzt sich die Frau laut, dann blickt sie mich anklagend an.

»Ich habe Ihnen Hunderte von Briefen geschrieben«, murmelt sie und wischt sich mit dem Taschentuch über die geschwollene Nase.

Plötzlich kann ich die Mordlust, die ich gerade noch so deutlich in ihrem Blick sah, nicht mehr erkennen. Lediglich große Augen, die hinter dicken Brillengläsern in Tränen schwimmen. »Sie haben mir so aus dem Herzen geschrieben und dann … und dann …«

Ohne, dass ich sagen kann wieso, gehe ich um den Signiertisch herum. Im Laden könnte man eine Stecknadel fallen hören. Vorsichtig berühre ich den Arm der Frau.

Sie sieht zu mir hoch.

»Ich glaube nicht, dass wir uns kennen«, sage ich leise.

»Ist ja auch kein Wunder!«, mault sie und sieht sich um. »Sobald ihr Autoren berühmt seid, sind wir nur noch euer Fußvolk. Nicht mal eine

Autogrammkarte habe ich bekommen! Dabei bin ich … dabei war ich immer …« Ihre Dämme brechen und sie beginnt lautlos zu weinen.

Ich werfe meinem Verleger einen Blick zu. Er kommt zu uns und gemeinsam mit Brook führt er die weinende Frau in einen Teil des Ladens, in dem keine Kunden herumstehen und gaffen. Jace will ihnen mit Mia auf dem Arm folgen, aber Jaden hält ihn zurück.

»Bleib mal schön bei uns«, sagt er. »Onkel Brook kümmert sich um sie.«

»Es tut mir aufrichtig leid, Mrs Styles«, entschuldigt sich der Ladenbesitzer, dann eilt er den anderen nach.

Ich atme tief durch, dann setze ich mich wieder und signiere die Bücher der Leser, die nun wieder miteinander sprechen und nacheinander zögerlich an meinen Tisch treten. Eine Widmung nach der anderen schreibe ich, ein ums andere Mal wünsche ich viel Vergnügen beim Lesen. Schließlich lege ich erleichtert den Stift zur Seite.

Brook und Jaden haben sich irgendwann in der letzten Stunde wie Wachhunde links und rechts neben mir aufgebaut. Jace und Mia sind in der Kinderecke, er liest ihr aus einem Bilderbuch etwas vor.

Ich sehe, dass die empörte Dame nun hinten in der Kaffeeecke der Buchhandlung sitzt, wo sich inzwischen eine Angestellte um sie kümmert.

»Also, wenn ihr beiden mich demnächst immer zu Signierstunden begleitet, könnte ich es mir überlegen und vielleicht doch noch ein Buch schreiben. Was meinen Sie, Mr Garden?«

Jaden zieht mich grinsend an sich und küsst mich zärtlich, dann fragt er: »Aber worüber denn? Unsere Liebesgeschichte ist doch jetzt erzählt.«

»Unsere schon, aber wie es mit der von Brooklyn? Ich wüsste nur zu gerne, für wen er meine Bücher gekauft hat!«

Nachdenklich schaue ich wieder in Richtung der Frau, die nun offenbar ein wenig genötigt wird, den Laden so friedlich wie möglich zu verlassen.

Sie erhebt sich mühsam, sie wirkt so, als hätte ihr das Leben nicht immer gut mitgespielt. Ihr Mantel ist an den Ärmeln ein wenig fadenscheinig, aber ansonsten ist ihre Erscheinung gepflegt. Ich kann erkennen, dass sie einmal sehr hübsch gewesen sein muss, allerdings hat sie harte Züge um den Mund, als hätte sie selten einen Grund gehabt zu lächeln.

Es ist unwahrscheinlich, dass diese Frau hinter den Hetzkampagnen gegen mich steckt, die eine Zeit lang durchs Internet jagten. Sie wirkt nicht einmal so, als wäre sie je in ihrem Leben online gewesen. Im Gegenteil. Sie scheint eher zu den Personen zu gehören, die den Anschluss verpassten und nun noch ein wenig einsamer sind, als sie es ohnehin schon waren.

»Wisst ihr was?«, sage ich und blicke erst zu Jaden und dann zu Brook. Er scheint erleichtert, dass ich nicht weiter nach seinen Freundinnen bohre. »Ich muss mal kurz da rüber.«

»Du machst Witze!«, sagt Jaden entsetzt.

»Im Gegenteil.« Ich weise mit einem Nicken in Richtung der Frau. »Wer weiß, was sie für eine Geschichte hat. Ganz sicher keine mit Happy End.«

»Und da kommst du ins Spiel?«, fragt Jaden ungläubig.

Ich muss lächeln.

»Vielleicht«, sage ich und greife nach einem Buch.

Danke

Wie immer gilt der Dank meinen Lesern, die so lange ausgeharrt haben, bis diese kleine Serie ihr Ende fand. Ich hoffe, Euch hat sie gefallen!.

Großen Dank an meine Lektorin und meine Korrektorin! Ich male mir lieber nicht aus, wie mein Leben aussähe, wenn ich Euch nicht hätte!

Zum Schluss danke ich meiner Familie, die mich während meiner Krankheit so liebevoll umsorgt hat, mein Murren ertrug und wundervoll für mich kochte! Ich liebe Euch!

Eure Kajsa

Nola Conway
Wolken
geflüster
OldigOR